AF291131

Schicksalspläne der Hoffnung

Gay Romance Sammelband

Alisa Kervano

© 2024
likeletters Verlag
Inh. Martina Meister
Legesweg 10
63762 Großostheim
www.likeletters.de
info@likeletters.de

Autorin: Alisa Kervano
Bildquelle: Midjourney

ISBN: 9783946585763

Teilweise kam für dieses Buch künstliche Intelligenz zum Einsatz.

*Dies sind frei erfundene Geschichten.
Ähnlichkeiten mit real existierenden
Personen sind zufällig und nicht
beabsichtigt.*

Inhaltsverzeichnis

Manuel und Erik
Rennen um dein Herz

Kapitel 1

Erik Müller stand am Rande der Rennstrecke, seine Augen fixierten die geschwungene Asphaltbahn, die sich wie ein glänzendes Band unter der Frühlingssonne erstreckte. Heute war kein gewöhnlicher Tag auf dem Rennkurs – es war das Qualifying für das Große Preisrennen, das Highlight seiner bisherigen Karriere.

Die Luft war erfüllt vom Geruch nach verbranntem Gummi und Benzin, eine Mischung, die in Eriks Adern genauso pulsierte wie das Adrenalin. Er schloss für einen Moment die Augen, atmete tief ein und ließ die Geräuschkulisse auf sich wirken – das ferne Dröhnen der Motoren, das gelegentliche Aufheulen, wenn ein Auto die Zielgerade überquerte.

In diesem Moment trat Marco Schmidt, Eriks Rivale, an ihn heran, ein spöttisches Lächeln auf den Lippen.

«Glaubst du wirklich, du hast eine Chance gegen mich, Müller?», spottete Marco. Seine Worte waren wie ein dunkler Schatten, der über Eriks Zuversicht fiel.

Erik drehte sich zu ihm, ein funkelnder Blick der Herausforderung in seinen Augen.

«Die Strecke entscheidet, Marco. Und unsere Fahrweise. Nicht dein großes Mundwerk.»

Adrian Richter, Eriks Manager und Mentor, legte beruhigend eine Hand auf Eriks Schulter.

«Konzentrier dich auf das Rennen, nicht auf seine Spielchen», mahnte er leise.

Erik drehte sich um und sah Adrian freundlich an.

«Ich werde nichts dem Zufall überlassen, Adrian. Das Rennen heute ist mehr als nur ein Rennen für mich. Es ist der Beweis, dass ich es an die Spitze schaffen kann.»

Adrian nickte zustimmend.

«Genau das will ich hören. Denk daran, die Scouts sind heute auch hier. Eine gute Zeit heute und wer weiß, vielleicht reden wir bald über einen Vertrag in der Formel 1.»

Das war alles, wovon Erik geträumt hatte. Sein Herz schlug schneller bei dem Gedanken, wirklich in die Weltelite aufzusteigen. Doch ein Teil von ihm wusste, dass der Weg dahin nicht einfach war. Der Druck, die Erwartungen, die ständige Notwendigkeit, sich zu beweisen – es war ein Pfad voller Herausforderungen.

Adrian, der selbst einst Rennfahrer war und wegen seine Karriere wegen einer unerwarteten Verletzung vorzeitig beenden musste, gab Erik Hoffnung.

«Ich sehe so viel von mir in dir. Ich weiß, wie es ist, an diesem Punkt zu stehen, voller Hoffnungen und Ängste. Glaub mir, du hast das Zeug dazu, ganz nach oben zu kommen.»

Während Erik sich auf den Weg zu seinem Rennwagen machte, ein glitzerndes, aerodynamisches Meisterwerk, das mehr wie ein Raumschiff als ein Auto aussah, spürte er eine seltsame Mischung aus Aufregung und Nervosität. Er wusste, dass heute alles passieren konnte. Aber er war bereit, alles zu geben, was er hatte.

In diesem Moment, mit dem Helm unter dem Arm und dem Blick fest auf die Strecke gerichtet, fühlte sich Erik lebendiger als je zuvor. Hier, am Rande des Asphalts, inmitten des Lärms und der Geschwindigkeit, war er genau dort, wo er hingehörte. Heute würde er der Welt zeigen, wer Erik Müller wirklich war.

Nicht weit entfernt von der glitzernden Welt des Rennsports, am Rande der

Rennstrecke, bemerkte Erik eine unerwartete Präsenz.

Ein junger Mann mit feurigen Augen und einer leidenschaftlichen Ausstrahlung stand da, seine Blicke waren auf das Treiben um ihn herum gerichtet, doch sein Interesse schien über den Rennsport hinauszugehen.

Erik konnte nicht umhin, seine Aufmerksamkeit auf diesen jungen Mann zu richten. Es war, als ob eine unsichtbare Kraft ihn zu diesem Fremden hinzog.

Der Fremde, der Erik bemerkte, schenkte ihm ein kurzes, aber strahlendes Lächeln. In diesem Moment fühlte sich Erik seltsam verbunden, eine Verbindung, die er nicht erklären konnte.

Seine Schwester Sophia, die zu ihm trat, folgte seinem Blick. «Wer ist das?», fragte sie leise.

«Keine Ahnung», antwortete Erik, sein Blick immer noch auf den Fremden gerichtet. «Aber irgendwas an ihm fasziniert mich.»

Sophia, die kürzlich ihre Leidenschaft für Umweltaktivismus entdeckt hatte, schaute noch einmal genauer hin.

«Ich glaube, das ist Manuel Fischer, ein bekannter Umweltaktivist. Er setzt sich für nachhaltige Praktiken im Motorsport ein. Er ist ziemlich beeindruckend.»

Erik nickte nachdenklich. Er hatte von Manuel gehört, wusste aber nicht viel über ihn.

Sophia, die Erik genau beobachtete, lächelte leicht. «Du siehst aus, als hättest du mehr als nur ein gewöhnliches Interesse an ihm», neckte sie sanft.

Erik zuckte mit den Schultern, versuchte aber, seine Neugierde zu verbergen. «Vielleicht… Er scheint nett zu sein. Auf der anderen Seite ist er bekannt für Demos und Aussagen gegen den Rennsport. Alles für die

Umwelt. Normale Autorennen gehören nicht dazu.»

«Ach, er hat da so einige innovative Ideen, was das betrifft. Vielleicht solltest du sie dir mal anhören.»

In diesem Moment, während Erik und Sophia sprachen, kam Manuel näher, sein Schritt entschlossen und sein Blick direkt auf Erik gerichtet.

«Erik Müller, nicht wahr? Ich habe viel über dich gehört. Du bist ein ausgezeichneter Fahrer.»

Erik, überrascht und erfreut über Manuels direkte Ansprache, erwiderte: «Danke. Und du bist Manuel Fischer, der Aktivist. Was bringt dich zu einem Motorsportevent?»

Manuel blickte Erik direkt an, seine Augen leuchteten vor Enthusiasmus.

«Ich glaube, es ist wichtig, dass wir im Rennsport auch über Nachhaltigkeit sprechen. Und wer könnte das besser als jemand, der direkt involviert ist?»

Erik, leicht überrascht von Manuels Direktheit, erwiderte: «Das ist wahr, aber es ist nicht gerade üblich, dass Rennfahrer sich um solche Themen kümmern.»

«Warum eigentlich nicht?», entgegnete Manuel. «Der Rennsport, wie jeder andere Bereich, muss sich den Herausforderungen der Nachhaltigkeit stellen. Wir können nicht in einer Blase leben.»

Erik nickte nachdenklich.

«Du hast recht. Aber es ist eine Herausforderung, diese Botschaft an die Leute zu bringen. Viele sehen uns nur als Rennfahrer, nicht als Botschafter für Umweltfragen.»

«Das ist genau der Punkt», sagte Manuel lebhaft. «Du bist in einer einzigartigen Position, um Einfluss auszuüben. Du kannst zeigen, dass Geschwindigkeit und Adrenalin nicht im Widerspruch zur Umweltverantwortung stehen müssen.»

Erik betrachtete Manuel einen Moment lang. «Ich muss zugeben, ich habe nie darüber nachgedacht, aber was du sagst, macht Sinn.»

Manuel lächelte.

«Siehst du? Es braucht nur jemanden, der den ersten Schritt macht. Und ich glaube, du könntest dieser Jemand sein, Erik.»

Erik spürte, wie etwas in ihm aufkeimte – eine Mischung aus Respekt und Neugier. Gleichzeitig klopfte sein Herz schneller. «Vielleicht hast du recht. Es ist definitiv etwas, worüber ich nachdenken sollte.»

Manuels Augen funkelten vor Begeisterung.

«Das freut mich zu hören. Du wirst sehen, es gibt so viel, was wir tun können.»

Sophia beobachtete die beiden Männer, wie sie miteinander sprachen, und spürte, wie zwischen ihnen eine sichtbare Chemie entstand. Sie lächelte bei dem Gedanken, dass ihr Bruder vielleicht jemanden gefunden hatte, der ihn nicht nur herausforderte, sondern auch verstand.

Manuel verabschiedete sich schließlich, um sich einer Gruppe von Demonstranten anzuschließen, und Erik drehte sich unbewusst um, um ihm nachzusehen.

«Er ist interessant, nicht wahr?», sagte Sophia, als sie Eriks Blick bemerkte.

«Ja, das ist er», gab Erik zu, und ein Lächeln umspielte seine Lippen. «Sehr interessant.»

«Du und Manuel, hm? Das wäre eine faszinierende Kombination.»

Erik warf ihr einen schiefen Blick zu.

«Sophia, konzentrier dich bitte. Heute ist ein wichtiger Tag für mich.»

Sie lachte.

«Natürlich, Bruderherz. Aber manchmal ist das Leben mehr als nur Rennen. Außerdem bist du es, der sich jetzt konzentrieren sollte.»

Als Erik sich auf den Weg zu seinem
Auto machte, war sein Geist erfüllt von
Gedanken an das bevorstehende
Rennen, vermischt mit Bildern von
Manuel. Es war eine seltsame Mischung
aus beruflichem Fokus und persön-
licher Neugierde, die ihn sowohl
beunruhigte als auch aufregte.

Auf der Strecke zeigte Erik seine
gewohnte Konzentration und Geschick-
lichkeit. Jede Runde war ein Beweis
seines Talents und seiner Hingabe. Die
Zuschauer jubelten, und Erik spürte,
wie die Aufregung in ihm anstieg. Er
war hier, um zu gewinnen, sowohl auf
der Strecke als auch vielleicht in einem
neuen, unerwarteten Bereich seines
Lebens.

Nach dem Rennen, während er aus
seinem Auto stieg, wurde Erik von
Reportern umringt, die alle mehr über
seine Leistung erfahren wollten. Mitten
in den Interviews erblickte er Manuel
am Rande der Menschenmenge.

Ihre Blicke trafen sich, und für einen kurzen Moment schien alles andere zu verblassen.

Erik entschuldigte sich höflich bei den Reportern und machte sich auf den Weg zu Manuel.

«Das war beeindruckend», sagte Manuel, als Erik näher kam. «Du bist wirklich gut.»

«Danke», erwiderte Erik, ein Lächeln auf seinen Lippen. «Es bedeutet mir viel, das von dir zu hören.»

Sie standen da, umgeben vom Lärm und der Hektik der Rennstrecke, aber in einem seltsamen Frieden miteinander. Es war, als ob sie eine eigene kleine Welt geschaffen hätten, in der nur ihre Worte und Gedanken existierten.

«Ich… ich würde gerne mehr über deine Arbeit erfahren», sagte Erik zögerlich. «Vielleicht könnten wir irgendwann mal Kaffee trinken gehen?»

Manuel sah ihn überrascht, aber erfreut an. «Das würde ich sehr gerne», antwortete er. «Ich freue mich darauf, mehr über dich zu erfahren, Erik Müller.»

Kapitel 2

Nach dem Rennen war Erik voller Adrenalin. Der Jubel der Menge hallte in seinen Ohren nach, während er sich auf den Weg zu seinem Umkleideraum machte. Er spürte eine tiefe Zufriedenheit über seine Leistung, aber seine Gedanken waren auch bei Manuel und dem bevorstehenden Treffen.

In der Zwischenzeit, in einem anderen Teil der Rennstrecke, war Marco Schmidt in ein hitziges Gespräch mit einem seiner Techniker vertieft. «Müller gewinnt zu viel Aufmerksamkeit», knurrte er. «Wir müssen sicherstellen, dass er versteht, dass dies meine Welt ist. Er darf sich nicht zu sicher fühlen.»

Sophia betrat Eriks Umkleideraum.

«Das war unglaublich, Erik! Du hast sie alle übertroffen.»

Erik lächelte zurück, aber sein Lächeln verblasste schnell, als er an Marcos Worte auf der Rennstrecke dachte.

«Danke, Sophia. Aber ich glaube, Marco plant etwas. Ich spüre, dass er nicht einfach aufgeben wird.»

Sophia sah ihren Bruder besorgt an. «Pass auf dich auf, Erik. Marco spielt nicht fair.»

Erik nickte und versuchte, seine Besorgnis zu verbergen. Er wollte den Moment des Sieges genießen, aber die Schatten der Bedrohung lagen schwer auf ihm. Er entschied sich, seine Sorgen für den Moment beiseitezuschieben. Es gab etwas Wichtigeres, worauf er sich freute – das Treffen mit Manuel.

«Ich habe übrigens ein Date», sagte er grinsend zu Sophia.

«Ein Date? Sag bloß, du hast dich mit Manuel verabredet?»

Erik nickte.

«Natürlich nur, um mehr über seine Ideen zum Umweltschutz im Rennsport zu erfahren», sagte er.

Sophia grinste.

«Na klar, kleiner Bruder, red dir das nur ein.»

Lachend ging sie aus der Umkleide.

Einige Tage nach dem Rennen fanden sich Erik und Manuel in einem gemütlichen Café wieder, umgeben von dem leisen Murmeln anderer Gäste und dem Duft frisch gebrühten Kaffees. Es war ihr erstes Treffen außerhalb der hektischen Atmosphäre der Rennstrecke, und beide waren sichtlich gespannt darauf, einander besser kennenzulernen.

«Ich habe nie jemanden aus dem Rennsport getroffen, der sich für Umweltthemen interessiert», begann Manuel das Gespräch. «Was hat dich dazu gebracht, dich damit zu beschäftigen?»

Erik lehnte sich zurück und überlegte.

«Ehrlich gesagt, habe ich mir nie viel Gedanken darüber gemacht. Aber meine Schwester Sophia, die ist schon seit einer Weile dabei, es mir schmackhaft zu machen, dass man überall etwas für die Umwelt tun kann. Nur weil wir schnelle Autos fahren, können wir Rennfahrer ja trotzdem umweltbewusst denken.»

Manuel lächelte, berührt von Eriks Worten. «Das freut mich zu hören. Wir brauchen mehr Menschen wie dich, die bereit sind, Veränderungen herbeizuführen.»

Während sie sprachen, entdeckte Erik neue Seiten an Manuel – seine Leidenschaft für den Umweltschutz, seine tiefgründigen Ansichten und seine Fähigkeit, andere zu inspirieren. Er fand sich zunehmend von Manuels Charisma und Intellekt angezogen.

Manuel seinerseits war fasziniert von Eriks Hingabe an seinen Sport und seiner Offenheit, neue Perspektiven zu erkunden.

«Du könntest eine wichtige Stimme für den umweltbewussten Motorsport sein», sagte Manuel. «Deine Plattform könnte so viel bewirken.»

Erik nickte nachdenklich. «Ich denke, du hast recht. Ich möchte mehr tun, als nur Rennen zu fahren. Ich möchte einen Unterschied machen.»

Nach ihrem Treffen im Café waren Erik und Manuel häufiger in Kontakt, oft verbrachten sie Stunden damit, über verschiedene Themen zu sprechen – von Umweltschutz bis hin zu ihren persönlichen Träumen und Herausforderungen. Mit jedem Treffen wuchsen ihre emotionale Nähe und das gegenseitige Verständnis.

Eines Abends, nach einem gemeinsamen Spaziergang durch einen ruhigen Park, standen sie an Eriks Auto, zögerten den Abschied hinaus. Die Straßenlaternen warfen ein sanftes

Licht auf ihre Gesichter, und ein leichter Wind wehte durch die Bäume.

«Ich hätte nie gedacht, dass ich jemanden wie dich treffen würde», gestand Erik, während er tief in Manuels Augen blickte.

Manuel ergriff Eriks Hand. «Und ich hätte nie erwartet, dass jemand aus deiner Welt meinen Ideen so offen gegenübersteht.»

In diesem Moment, getrieben von einer spontanen Regung des Herzens, beugte Erik sich vor und küsste Manuel sanft. Es war ein Moment der Offenbarung, ein Versprechen von etwas Neuem und Aufregendem. Manuel erwiderte den Kuss, und in der Stille der Nacht fühlten sie beide, dass dies der Beginn von etwas Besonderem war.

Währenddessen beobachtete Marco Schmidt die beiden aus der Ferne. Er hatte Erik und Manuel verfolgt, getrieben von Eifersucht und Wut. Als er den

Kuss sah, verfestigte sich sein Entschluss, gegen Erik vorzugehen.

«Das hab ich mir gedacht, Müller. Eben doch ein Weichei. Und dann lässt der sich auch noch von einem Kerl befummeln. Wird Zeit, was gegen ihn zu unternehmen», murmelte er düster.

In den folgenden Tagen intensivierte Marco seine Bemühungen, Eriks Karriere zu sabotieren. Er nutzte seine Verbindungen und seinen Einfluss im Motorsport, um Zweifel an Eriks Fähigkeiten und seiner Hingabe zum Sport zu säen.

Er teilte subtil kritische Kommentare und Artikel auf seinen sozialen Medien, die Eriks Engagement für den Umweltschutz in Frage stellten und andeuteten, dass dies seine Konzentration und Leistung auf der Rennstrecke beeinträchtigen könnte.

Außerdem teile er Fotos von alten Rennautos mit leistungsstarken Motoren und bemerkte, dass ein E-Auto niemals mit einem Verbrenner mithalten könne. Die Umwelt zu schützen und gleichzeitig Autorennen zu fahren sei eben nicht möglich.

Erik spürte den wachsenden Druck nicht nur auf der Rennstrecke, sondern auch online. Jedes Mal, wenn er seine sozialen Medien überprüfte, fand er sich konfrontiert mit feindseligen Kommentaren und geteilten Beiträgen, die Marcos Gerüchte unterstützten.

Trotzdem war er entschlossen, sich nicht unterkriegen zu lassen. Er postete seine eigenen Nachrichten, die seine Hingabe und Leidenschaft für den Rennsport betonten, sowie Fotos und Updates von seiner Zusammenarbeit mit Manuel, um die positive Seite seiner Bemühungen zu zeigen.

Er spürte auch die feindseligen Blicke einiger Kollegen, aber er war entschlossen, sich nicht unterkriegen zu lassen. Er hatte jetzt einen noch wichtigeren Grund, stark zu bleiben – seine Beziehung zu Manuel und das, wofür sie gemeinsam standen.

Die Spannungen auf der Rennstrecke und in der digitalen Welt wuchsen, als Marcos Gerüchte und Intrigen zunehmend an Boden gewannen. Erik, der bisher von seinen Kollegen und Fans gefeiert wurde, begann eine Kälte und Distanz zu spüren, sowohl persönlich als auch online.

Dennoch hielt er an seinem Weg fest, unterstützt von Manuels unerschütterlicher Zuversicht und Sophias ermutigenden Worten. Sophia selbst wurde aktiv in den sozialen Medien, verteidigte Erik und stellte klare Fakten gegen die falschen Anschuldigungen, um die öffentliche Meinung zu beeinflussen.

Eines Tages, nach einem anstrengenden Training, konfrontierte Erik Marco direkt in der Boxengasse.

«Was versuchst du zu erreichen, Marco? Deine Spiele bringen niemanden weiter», sagte Erik, seine Stimme fest, aber kontrolliert.

Marco, überrascht von Eriks Konfrontation, versuchte, seine wahren Motive zu verbergen. «Ich mache nur, was für den Sport am besten ist, Müller. Ich sorge dafür, dass die Besten gewinnen.»

Erik durchschaute jedoch Marcos Fassade. «Es geht dir nicht um den Sport. Es geht dir um dich und deine Vorurteile.»

Die Spannung zwischen ihnen war greifbar, und einige der Teammitglieder und Techniker blieben stehen, um zuzusehen. Erik wusste, dass er auf dünnem Eis wandelte, aber er konnte Marcos Verhalten nicht länger ignorieren.

In dieser Nacht trafen sich Erik und Manuel in einem kleinen, abgeschiedenen Restaurant. Die Atmosphäre war ruhig und intim, ein perfekter Ort, um die Ereignisse des Tages zu besprechen und sich näher kennenzulernen.

«Ich hasse es, wie Marco versucht, alles zu manipulieren», gestand Erik, während er nachdenklich in seinen Kaffee blickte. «Es macht mich wütend, aber auch unsicher.»

Manuel nickte verständnisvoll. «Es ist nicht leicht, sich solchen Herausforderungen zu stellen. Aber du bist nicht allein. Ich bewundere deinen Mut, dich ihm entgegenzustellen.»

Erik sah Manuel an, dankbar für seine Unterstützung. «Danke, Manuel. Es bedeutet mir viel, dass du mir zuhörst. Ich fühle mich, als könnten wir uns wirklich aufeinander verlassen, selbst in dieser kurzen Zeit.»

«Ja, das Gefühl habe ich auch», erwiderte Manuel mit einem warmen Lächeln. «Es ist selten, jemanden zu finden, mit dem man so offen sprechen kann.»

Kapitel 3

Einige Wochen waren vergangen, seit Erik und Manuel begonnen hatten, Zeit miteinander zu verbringen. Ihre Beziehung entwickelte sich langsam, aber stetig, und mit jedem Treffen lernten sie mehr übereinander – ihre Hoffnungen, Ängste und Träume.

Erik hatte begonnen, sich aktiv für Umweltfragen zu interessieren, beeinflusst von Manuels Leidenschaft und Engagement. Er las Bücher über nachhaltige Technologien und nahm an Diskussionsrunden teil, die Manuel organisierte. Diese neuen Erfahrungen öffneten ihm die Augen für Themen, die über die Welt des Motorsports hinausgingen.

Manuel seinerseits fand in Erik eine Quelle der Inspiration. Er bewunderte Eriks Entschlossenheit auf der Rennstrecke und seine Bereitschaft, neue

Perspektiven anzunehmen. Manuel begann, Rennveranstaltungen zu besuchen, um Erik zu unterstützen, und entdeckte eine neue Wertschätzung für den Sport.

Eines Abends, nach einem gemeinsamen Besuch einer Umweltkonferenz, spazierten sie durch die Stadt. Die Straßen waren ruhig, und die kühle Nachtluft war eine angenehme Erleichterung nach dem langen Tag.

«Ich hätte nie gedacht, dass ich eines Tages so sehr in Umweltthemen involviert sein würde», sagte Erik, während sie nebeneinander hergingen. «Du hast meine Sichtweise wirklich verändert, Manuel.»

Manuel sah ihn an und lächelte. «Und ich hätte nie erwartet, dass ich einmal jemanden aus dem Rennsport so sehr bewundern würde. Du überraschst mich immer wieder, Erik.»

In diesem Moment hielt Erik inne und sah Manuel direkt an.

«Weißt du», begann er zögernd, «ich glaube, ich… »

Bevor er den Satz beenden konnte, legte Manuel sanft einen Finger auf Eriks Lippen. «Du musst nichts sagen, Erik. Ich fühle es auch.»

Während sich Erik und Manuel emotional näher kamen, nahm der Druck auf der Rennstrecke zu. Marcos subtile Sticheleien und Intrigen hatten einen Höhepunkt erreicht, und Erik fand sich zunehmend isoliert von seinen Teamkollegen.

Erik versuchte, sich nicht unterkriegen zu lassen, aber die wachsende Spannung begann, seine Leistung zu beeinflussen. Sophia, die seine Kämpfe beobachtete, sprach ihre Bedenken aus: «Erik, du musst aufpassen. Marco spielt ein gefährliches Spiel. Ich möchte nicht, dass du dabei Schaden nimmst.»

«Ich weiß», antwortete Erik. «Aber ich kann jetzt nicht aufgeben. Ich muss für das einstehen, was ich glaube, und für… »

Er hielt inne, zögerte, seine Gefühle für Manuel zu offenbaren.

Sophia sah ihn verständnisvoll an. «Für Manuel?»

Erik nickte, ein zögerliches Lächeln auf seinen Lippen. «Ja, für Manuel. Er hat mir eine neue Welt eröffnet, und ich will ihn nicht enttäuschen.»

In der Zwischenzeit traf sich Manuel mit Professor Jürgen Weber, einem renommierten Umweltwissenschaftler und seinem Mentor, um Rat und Unterstützung zu suchen. «Ich mache mir Sorgen um Erik», gestand Manuel. «Marco macht ihm das Leben schwer, und ich weiß nicht, wie ich helfen kann.»

Professor Weber nickte nachdenklich. «Es ist eine schwierige Situation, aber du musst Erik unterstützen, wo du kannst. Eure Verbindung ist etwas

Besonderes, und gemeinsam könnt ihr diese Herausforderung überwinden.»

Manuel fühlte sich durch Webers Worte gestärkt und entschlossen, Erik in jeder möglichen Weise zu unterstützen.

In den folgenden Tagen wurde Erik immer mehr in den Strudel der Spannungen und Unsicherheiten hineingezogen, die Marco auf der Rennstrecke schürte. Die Atmosphäre im Team war angespannt, und Erik spürte, dass einige seiner Kollegen begannen, an ihm zu zweifeln.

Während einer Trainingssitzung, nach einem besonders harten Tag, suchte Erik Trost und Rat bei Manuel. Sie trafen sich in einem abgelegenen Teil des Parks, weg von den Blicken der Öffentlichkeit.

«Manchmal frage ich mich, ob es das alles wert ist», gestand Erik, während sie auf einer Bank saßen, die Blätter der Bäume rauschten sanft im Wind. «Der Druck, die Intrigen, die Einsamkeit.»

Manuel sah ihn ernst an.

«Erik, du darfst dich nicht unterkriegen lassen. Du bist stärker, als du denkst. Und du bist nicht allein.» Er nahm Eriks Hand in seine, ein Akt der Solidarität und Unterstützung.

Erik sah in Manuels Augen und fand dort einen Anker inmitten des Sturms, der ihn umgab. «Danke, Manuel. Deine Worte bedeuten mir alles.»

Sie verbrachten einige Zeit in Stille, fanden Trost in der gegenseitigen Nähe. Für Erik war es ein Moment der Klarheit – trotz der Herausforderungen auf der Rennstrecke war das, was er mit Manuel teilte, etwas, das ihm Kraft gab.

In den Tagen darauf konzentrierte Erik sich auf sein Training, fest entschlossen, sich von Marcos Aktionen nicht unterkriegen zu lassen.

Mit Manuel an seiner Seite fand er die Stärke, sich den Herausforderungen zu stellen und sich auf das zu konzent-

rieren, was er am besten konnte –
Rennen fahren.

Sophia, die Eriks und Manuels wachsende Beziehung beobachtete, war
beeindruckt von der positiven Veränderung in ihrem Bruder. Sie hatte Erik
noch nie so engagiert und emotional
offen gesehen.

«Du wirkst glücklicher, Erik», sagte sie
eines Tages, als sie zusammen im Café
saßen.

Erik lächelte und nickte. «Ja, das bin
ich. Manuel hat mir so viel über mich
selbst und über das Leben außerhalb
des Rennsports gezeigt.»

In der Zwischenzeit arbeitete Manuel
an einem neuen Projekt, das darauf
abzielte, Nachhaltigkeit im Motorsport
zu fördern. Er lud Erik ein, Teil dieses
Projekts zu sein, was Erik mit Begeisterung annahm. Es war eine Gelegenheit,
seine Liebe zum Rennsport mit seinem
neuen Engagement für die Umwelt zu
verbinden.

Als das Projekt Gestalt annahm, erkannte Erik, dass er eine Plattform hatte, um einen echten Unterschied zu machen. Er begann, öffentlich über die Bedeutung von Nachhaltigkeit im Motorsport zu sprechen, unterstützt von Manuel und Sophia. Seine Botschaft fand Anklang bei Fans und Kollegen, und langsam begannen sich die Meinungen zu ändern.

Marco beobachtete Eriks wachsenden Einfluss mit Missfallen, aber Erik ließ sich nicht mehr beirren. Er hatte gelernt, dass wahre Stärke aus der Überwindung von Herausforderungen und der Unterstützung der Menschen, die er liebte, entstand.

Kapitel 4

In den sonst so lauten Hallen des Rennstalls, umgeben von dem sanften Glanz polierter Rennwagen, stand Marco Schmidt, sein Blick durchdringend und finster. Er lehnte sich gegen einen der Wagen, die Finger trommelten ungeduldig auf dem glänzenden Metall. Neben ihm stand Thomas, sein langjähriger Vertrauter und Techniker, dessen Gesichtsausdruck eine Mischung aus Sorge und Loyalität zeigte.

«Siehst du nicht, Thomas? Seit Erik und dieser Aktivist, Manuel, sich zusammengeschlossen haben, ändert sich alles», sagte Marco, seine Stimme kaum mehr als ein giftiges Flüstern. «Sie reden von Veränderung, von Nachhaltigkeit, als ob sie die Welt retten könnten. Aber was sie wirklich tun, ist, den Geist des Rennsports zu zerstören.»

Thomas, ein Mann mittleren Alters mit wettergegerbter Haut und einer ruhigen Art, blickte Marco direkt an.

«Marco, ist es nicht einfach nur Neid? Erik ist ein talentierter Fahrer, und seine Bemühungen um Nachhaltigkeit… sie könnten gut für uns alle sein.»

Marco schnaubte verächtlich, seine Augen verdunkelten sich mit Erinnerungen an vergangene Zeiten, als er unangefochten an der Spitze stand. «Neid? Nein, Thomas. Es geht um Prinzipien. Und um Respekt. Um das, was ich über Jahre aufgebaut habe, und was dieser Neuling, Erik, mit seinen idealistischen Vorstellungen zu zerstören droht. Und diese Beziehung zu Manuel – das ist einfach nur… widerwärtig.»

Thomas schwieg einen Moment und sah Marco nachdenklich an.

«Aber was willst du tun, Marco? Wir sind hier, um Rennen zu fahren, nicht um persönliche Fehden auszutragen.» Marco stand da, seine Fäuste ballten sich unbewusst, als er die Worte aussprach. Seine Augen brannten mit einer Intensität, die Thomas selten bei ihm gesehen hatte.

«Ich werde alles tun, was nötig ist, Thomas. Erik Müller muss gestoppt werden, bevor er alles, woran ich glaube und wofür ich gekämpft habe, zerstört», sagte er, seine Stimme zitternd vor einer Mischung aus Wut und einer Spur von Angst.

Thomas, der Marco schon seit Jahren kannte und mit ihm zusammengearbeitet hatte, sah ihn besorgt an. Er trat einen Schritt näher, seine Stimme war ruhig, aber bestimmt.

«Marco, ich verstehe deinen Ärger, aber das ist nicht der Weg. Wir sind hier, um zu fahren, um zu konkurrieren, nicht um uns zu zerstören. Was du vorhast, könnte nicht nur Erik schaden, sondern uns allen.»

Marco wandte sich ab, sein Blick starr auf die glänzenden Pokale in der Vitrine gerichtet.

«Du verstehst das nicht, Thomas. Es geht um mehr als nur das Rennen. Es geht darum, unsere Traditionen, unseren Sport zu bewahren. Erik und seine Ideen… sie sind eine Bedrohung. Autorennen ist ein richtiger Männersport und das sollte so bleiben.»

Thomas legte eine Hand auf Marcos Schulter, ein Versuch, seinen Freund zu beruhigen.

«Marco, der Sport verändert sich, genau wie die Welt um uns herum. Wir können nicht in der Vergangenheit leben. Erik mag neue Ideen haben, aber ist das nicht auch eine Chance, etwas zu lernen, uns anzupassen?»

Marco schüttelte Thomas' Hand ab, seine Augen funkelten trotzig.

«Anpassen? Nein, Thomas. Manche Dinge sollten sich nicht ändern. Und ich werde alles tun, um sicherzustellen, dass sie es nicht tun.»

Thomas sah Marco nachdenklich an.

«Pass auf, dass du dich dabei nicht selbst verlierst, Marco. Hass und Rache sind gefährliche Wege. Sie führen oft nicht dahin, wo wir hinwollen.»

Marco antwortete nicht.

Unterdessen, in Eriks Wohnung, saß Sophia auf dem Sofa und blätterte durch einige Rennmagazine, als Erik eintrat. Sein Gesicht war müde, aber seine Augen leuchteten vor Entschlossenheit.

Sophia legte das Magazin beiseite und sah ihren Bruder an. «Du siehst erschöpft aus, Erik. Ist alles in Ordnung?»

Erik setzte sich neben sie und seufzte.

«Ich weiß nicht, Sophia. Es ist alles so kompliziert geworden. Die ganze Situ-

ation mit Marco… er scheint mich mehr als je zuvor zu hassen.»
Sophia nahm seine Hand. «Ich habe es auch bemerkt. Sein Verhalten auf der Strecke, die Art, wie er über dich und Manuel spricht… Ich mache mir Sorgen, Erik.»
Erik nickte langsam.
«Ich weiß. Aber ich kann jetzt nicht aufgeben. Nicht, wenn es so viel auf dem Spiel steht – für den Motorsport, für die Umwelt, für mich und Manuel.»
Sophia sah ihren Bruder fest an.
«Erik, du bist mutig und stark. Aber sei vorsichtig. Marco ist nicht der Typ, der sich einfach so geschlagen gibt.»
Erik lehnte sich zurück und schloss die Augen.
«Ich weiß, Sophia. Aber was immer auch passiert, ich werde nicht zulassen, dass sein Hass und seine Vorurteile gewinnen.»
Nach einem langen Tag auf der Rennstrecke beschloss Erik, den Abend bei

Manuel zu verbringen. Er brauchte die Ruhe und den Trost, den Manuels Gesellschaft ihm bot. Die Sonne senkte sich bereits am Horizont, als Erik an Manuels Tür klopfte.

Manuel öffnete die Tür, sein Gesicht erhellte sich beim Anblick Eriks. «Ich hatte gehofft, du würdest vorbeikommen», begrüßte er ihn mit einem warmen Lächeln.

Das Wohnzimmer war gemütlich, mit sanfter Beleuchtung und leiser Musik im Hintergrund. Sie setzten sich nebeneinander auf das Sofa, eine angenehme Stille zwischen ihnen.

Erik begann, von seinem Tag zu erzählen, von den Spannungen mit Marco und den Herausforderungen, die sein Engagement für den umweltfreundlichen Motorsport mit sich brachte. Manuel hörte aufmerksam zu, seine Hand gelegentlich beruhigend auf Eriks Arm legend.

«Du hast wirklich viel um die Ohren», sagte Manuel, als Erik zu Ende gesprochen hatte. «Aber weißt du, was ich an dir bewundere? Deine Fähigkeit, trotz allem an deine Überzeugungen zu glauben.»

Erik schaute Manuel an, berührt von dessen Empathie. In diesem Moment, nur durch das flackernde Kerzenlicht und die leise Musik begleitet, fühlte Erik eine tiefe Verbindung zu Manuel. Es war, als ob ihre Herzen im gleichen Takt schlugen.

Langsam, fast zögerlich, neigte sich Erik zu Manuel. Ihre Blicke waren ineinander verankert, als ihre Lippen sich in einem sanften, vorsichtigen Kuss trafen. Es war ein Kuss, der Zuneigung und ein wachsendes Verständnis füreinander ausdrückte – ein Versprechen der Nähe in einer Welt voller Unsicherheiten.

Als sie sich voneinander lösten, blieb eine Spannung in der Luft, eine

Mischung aus Aufregung und neu entdeckter Intimität.

«Manuel», flüsterte Erik, «es gibt niemanden, mit dem ich diese Momente lieber teilen würde.»

Manuel lächelte und strich Erik sanft über das Haar.

«Und ich könnte mir keinen besseren Menschen an meiner Seite vorstellen.»

Der Rest des Abends verlief in einer warmen Atmosphäre, gefüllt mit Gesprächen, Lachen und stillen Momenten der Nähe. Als die Nacht hereinbrach, bot Manuel an, dass Erik bleiben könnte, und Erik nahm das Angebot gerne an.

Sie verbrachten die Nacht zusammen, eingehüllt in eine Atmosphäre der Geborgenheit und des gegenseitigen Verständnisses.

In den folgenden Wochen fanden Erik und Manuel sich inmitten einer Serie von Veranstaltungen wieder, die sich auf Umweltbewusstsein im Motorsport konzentrierten. Diese Ereignisse boten ihnen eine Plattform, um ihre gemeinsamen Ziele zu fördern und ihre Bindung zu stärken.

Eines Nachmittags, nach einer besonders erfolgreichen Konferenz, in der sie über nachhaltige Technologien im Rennsport gesprochen hatten, trafen sich Erik, Manuel und Adrian, Eriks Manager, in einem ruhigen Café.

Adrian betrachtete die beiden Männer nachdenklich.

«Ihr beide habt wirklich etwas Besonderes aufgebaut», begann er. «Es ist beeindruckend, wie ihr das Thema Umweltschutz in den Vordergrund rückt.»

Erik nickte, ein Lächeln auf den Lippen. «Es fühlt sich richtig an, Manuel an meiner Seite zu haben. Wir ergänzen uns gut.»

Manuel stimmte zu, seine Augen leuchteten vor Begeisterung.

«Diese Veranstaltungen zeigen, dass wir auf dem richtigen Weg sind. Es ist erstaunlich zu sehen, wie viele Menschen sich für nachhaltigen Motorsport interessieren.»

Sie sprachen über Marco, der in letzter Zeit auffallend abwesend war.

«Ich habe das Gefühl, Marco hat sich etwas zurückgezogen», bemerkte Erik. «Es scheint, als hätte er seine Angriffe gegen mich eingestellt.»

Adrian runzelte die Stirn.

«Es könnte sein, dass er seine Taktik ändert. Marco ist unberechenbar. Aber lasst uns nicht vergessen, warum wir hier sind. Ihr macht eine hervorragende Arbeit, die Aufmerksamkeit auf wichtige Themen zu lenken. Lasst euch nicht von ihm ablenken.»

Erik und Manuel nickten zustimmend.

Es war beruhigend zu wissen, dass sie Adrian an ihrer Seite hatten, einen Verbündeten, der sowohl das Geschäft als auch die persönlichen Aspekte des Rennsports verstand.

In den darauffolgenden Tagen nahmen Erik und Manuel an verschiedenen Workshops und Diskussionsrunden teil. Sie teilten ihre Visionen und Ideen mit einem wachsenden Publikum, das von ihrer Leidenschaft und ihrem Engagement beeindruckt war.

Ihre Beziehung entwickelte sich weiter, als sie gemeinsam arbeiteten und ihre Gedanken und Hoffnungen für die Zukunft des Rennsports austauschten.

Eines Abends, nach einem langen Tag auf einer Umweltausstellung, saßen sie erschöpft, aber zufrieden in Manuels Wohnung. Umgeben von Unterlagen und Notizen, lächelten sie sich an.

«Wir sind ein gutes Team, nicht wahr?», sagte Manuel, während er eine Hand auf Eriks legte.

Erik ergriff Manuels Hand und drückte sie sanft.

«Das beste. Ich hätte mir nie träumen lassen, dass ich jemanden wie dich treffen würde, der meine Leidenschaft für den Rennsport und den Umweltschutz teilt.»

Die Wochen vergingen, und Erik und Manuel waren unermüdlich dabei, ihre Botschaft über nachhaltigen Motorsport zu verbreiten.

An einem kühlen Abend nach einer Diskussionsrunde, die besonders gut verlaufen war, saßen Erik und Manuel in einem kleinen Restaurant, um ihren Erfolg zu feiern. Im Lokal war es ruhig, die Beleuchtung war gedämpft und es hatte eine angenehme Atmosphäre, die perfekt für tiefgründige Gespräche war. Während sie dort saßen, umgeben von dem sanften Schimmern von Kerzenlicht, blickte Erik über den Tisch und ergriff Manuels Hand.

«Weißt du, Manuel, in all den Jahren im Rennsport habe ich nie jemanden getroffen, der mich so versteht wie du.

Du hast mein Leben in so vielerlei Hinsicht bereichert.»

Manuel lächelte sanft und drückte Eriks Hand.

«Und du hast mir gezeigt, dass es möglich ist, Leidenschaft und Prinzipien zu vereinen. Du hast mir eine neue Welt im Motorsport eröffnet.»

Erik blickte nachdenklich in die Ferne, bevor er antwortete.

«Ich hätte das alles ohne dich nicht erreicht, Manuel. Du hast mich inspiriert, über das Rennen hinaus zu denken.»

Manuel nickte und sein Blick wurde träumerisch.

«Stell dir vor, Erik, was wir zusammen erreichen könnten. Wir könnten eine Initiative gründen, die junge Talente im umweltfreundlichen Motorsport fördert.»

Eriks Augen funkelten bei dem Gedanken.

«Das wäre unglaublich. Wir könnten Workshops und Trainingsprogramme anbieten, vielleicht sogar Stipendien für die vielversprechendsten Fahrer.»

«Genau», erwiderte Manuel begeistert. «Wir könnten Partnerschaften mit Schulen und Universitäten aufbauen. Es gibt so viele junge Menschen da draußen, die nur darauf warten, entdeckt zu werden und die gleiche Leidenschaft für den Rennsport und die Umwelt haben wie wir.»

Erik nickte zustimmend.

«Ich sehe es schon vor mir – eine neue Generation von Fahrern, die nicht nur, um die Schnellsten zu sein wetteifern, sondern auch um die Klügsten und Nachhaltigsten.»

Manuel lachte.

«Das wird eine Herausforderung, aber ich bin bereit, sie mit dir anzugehen. Zusammen können wir wirklich etwas bewegen.»

Erik sah Manuel direkt an, ein entschlossener Ausdruck auf seinem Gesicht.

«Lass uns das machen, Manuel. Lass uns die Zukunft des Motorsports neu definieren.»

Beide lächelten, ihre Augen leuchteten bei dem Gedanken an die Möglichkeiten, die vor ihnen lagen, erfüllt von Optimismus und Entschlossenheit.

Als das Restaurant zumachte, bot Manuel an, dass Erik die Nacht bei ihm verbringen könnte. Erik nahm das Angebot gerne an, freudig über die Aussicht, mehr Zeit mit Manuel zu verbringen. Sie verließen das Restaurant und machten sich auf den Weg zu Manuels Wohnung, die Straßen still und friedlich unter dem Sternenhimmel.

In Manuels Wohnung angekommen, ließen sie sich auf das Sofa fallen, eng aneinandergelehnt, die Müdigkeit des Tages hinter sich lassend. Sie sprachen noch eine Weile, bevor sie in ein angenehmes Schweigen verfielen, jeder in den Gedanken des anderen versunken.

Schließlich standen sie auf und bereiteten sich auf die Nacht vor. Als sie sich ins Bett legten, war von Unsicherheit keine Spur. Sie küssten einander innig und erkundeten zärtlich gegenseitig ihre Körper. In dieser Nacht teilten sie nicht nur ein Bett, sondern auch ihre Träume und Hoffnungen für die Zukunft.

Erik schlief ein, beruhigt durch Manuels gleichmäßigen Atemzug und das Gefühl der Nähe. Er wusste, dass die kommenden Herausforderungen nicht leicht sein würden, aber mit Manuel an seiner Seite fühlte er sich bereit, sie zu meistern.

Kapitel 5

Die Vorbereitungen für das innovative umweltfreundliche Rennen, das Erik und Manuel gemeinsam organisierten, liefen auf Hochtouren. In einem hellen Konferenzraum, umgeben von Plänen, Modellen und Skizzen, diskutierten sie mit einem Team von Ingenieuren, Marketingexperten und Rennveranstaltern die letzten Details.

Erik, voller Energie und Begeisterung, breitete eine große Karte der Rennstrecke aus.

«Wir müssen sicherstellen, dass jeder Aspekt dieses Rennens perfekt durchdacht ist», sagte er. «Es geht nicht nur um die Geschwindigkeit und Effizienz der Fahrzeuge, sondern auch darum, eine Botschaft zu senden.»

Manuel, der eine Liste potenzieller Sponsoren durchging, nickte zustimmend.

«Genau. Wir brauchen eine starke Präsenz in den Medien. Das Rennen soll zeigen, dass Nachhaltigkeit und Hochleistungssport Hand in Hand gehen können.»

Die Diskussion wandte sich den technischen Herausforderungen zu – von der Sicherstellung der Ladeinfrastruktur für Elektrofahrzeuge bis hin zur Koordination der Logistik. Erik und Manuel arbeiteten Hand in Hand, um jede Hürde zu meistern.

Inmitten dieser geschäftigen Vorbereitungen bemerkte Erik, dass von Marco überraschend wenig zu hören war.

«Es ist merkwürdig», sagte er zu Manuel, während sie eine Pause einlegten. «Marco scheint sich völlig zurückgezogen zu haben. Ich hätte erwartet, dass er gegen dieses Rennen Stellung bezieht.»

Manuel sah nachdenklich aus.

«Vielleicht hat er eingesehen, dass er nichts dagegen ausrichten kann. Oder er plant etwas anderes. Wie auch immer, wir sollten uns auf unsere Ziele konzentrieren und nicht von ihm ablenken lassen.»

Erik nickte, obwohl er ein unbestimmtes Gefühl der Unruhe nicht abschütteln konnte. «Du hast recht. Wir haben hier die Chance, etwas wirklich Bedeutendes zu schaffen.»

Einige Tage später fand ein großes Planungstreffen statt, an dem Erik, Manuel, sowie verschiedene Gruppen und Organisationen teilnahmen. Es war ein wichtiger Schritt, um das Rennen nicht nur als sportliches Event, sondern auch als ein Symbol für ökologische Innovation und Verantwortung zu positionieren.

In einem geräumigen Konferenzraum, mit Blick auf die imposante Rennstrecke, präsentierten Erik und Manuel enthusiastisch ihre Vision.

«Dieses Rennen wird mehr als nur ein Wettbewerb sein», erklärte Erik. «Es wird ein Fest der nachhaltigen Technologie und ein Schritt hin zu einer umweltbewussteren Zukunft im Motorsport.»

Manuel ergänzte: «Wir haben bereits Zusagen von führenden Herstellern von Elektro- und Hybridfahrzeugen. Zudem haben Umweltorganisationen Interesse gezeigt, Teil des Events zu sein. Dies ist eine großartige Gelegenheit, ein breites Publikum zu erreichen.»

Die Teilnehmer des Meetings, beeindruckt von der Leidenschaft und dem Engagement des Duos, brachten ihre Unterstützung zum Ausdruck. Sie diskutierten verschiedene Aspekte der Veranstaltung, von der Sicherheit auf der Strecke bis hin zu Marketingstrategien.

Nach dem Meeting trat Sophia, die nebenbei ihre eigenen Nachforschungen über die Sicherheitsprotokolle auf der Rennstrecke begonnen

hatte, neben die beiden und fügte hinzu: «Ich bin so stolz auf euch. Und ich verspreche, ich werde jeden Stein umdrehen, um sicherzustellen, dass unser Rennen unter den sichersten Bedingungen stattfindet.»
Erik schaute dankbar zu seiner Schwester. «Ohne deine Unterstützung und dein Vertrauen wäre das alles nicht möglich gewesen, Sophia.»
Manuel stimmte zu. «Ja, Sophia, du bist ein wichtiger Teil dieses Teams. Dein Enthusiasmus und deine Perspektive sind unverzichtbar.»
Sophia nickte, erfreut über ihre Anerkennung, und gemeinsam verließen sie das Gebäude, erfüllt von einem Gefühl der Vorfreude und des Stolzes auf das, was sie erreichen würden.

Kapitel 6

In den Wochen, die dem großen Planungstreffen folgten, arbeiteten Erik, Manuel und das Team unermüdlich daran, das Rennen in die Realität umzusetzen. Sie trafen sich regelmäßig, um Fortschritte zu überprüfen und neue Ideen zu diskutieren.

Eines Nachmittags, als sie in Eriks Büro über die logistischen Details des Rennens sprachen, schlug Sophia eine innovative Idee vor. «Was haltet ihr davon, einen Wettbewerb für junge Ingenieure zu organisieren, bei dem es darum geht, die effizientesten und umweltfreundlichsten Rennwagenkonzepte zu entwerfen?»

Erik und Manuel sahen einander an, begeistert von der Idee.

«Das ist genial, Sophia», sagte Erik. «Es wäre eine großartige Möglichkeit, junge Talente zu fördern und gleichzeitig das

Bewusstsein für nachhaltige Technologien zu schärfen.»

«Und es passt perfekt zu unserem Ziel, den Motorsport zu revolutionieren», fügte Manuel hinzu. «Lass uns das in unser Programm aufnehmen.»

Als der Tag des Rennens näher rückte, stieg die Aufregung. Die Rennstrecke wurde vorbereitet, Sponsoren und Medienpartner kündigten das Event groß an, und die teilnehmenden Teams begannen mit den letzten Vorbereitungen ihrer Fahrzeuge.

In einer ruhigen Minute, als sie allein im Büro waren, blickte Manuel Erik tief in die Augen.

«Was auch immer passiert, ich bin unglaublich stolz auf das, was wir erreicht haben», sagte er. «Gemeinsam haben wir etwas wirklich Bedeutendes geschaffen.»

Erik nahm Manuels Hand.

«Ja, das haben wir. Und egal, wie dieses Rennen ausgeht, ich weiß, dass wir auf dem richtigen Weg sind.»

Die Tage bis zum Rennen vergingen wie im Flug. Erik und Manuel waren voller Vorfreude und Anspannung, als sie die letzten Vorbereitungen trafen. Die Rennstrecke war nun bereit, ein Schauplatz moderner Technologie und umweltbewusster Innovation.

Am Vorabend des Rennens trafen sich Erik, Manuel und das gesamte Organisationsteam zu einem finalen Meeting. Sie überprüften jeden Aspekt des bevorstehenden Tages, von der Sicherheit auf der Strecke bis hin zur Koordination der Live-Übertragung.

«Dies wird mehr als nur ein Rennen», sagte Erik, während er die Anwesenden anschaute. «Es ist der Beginn einer neuen Ära im Motorsport. Wir setzen ein Zeichen für die Zukunft.»

Manuel nickte zustimmend.

«Unsere harte Arbeit und unser Engagement haben uns hierher gebracht. Morgen zeigen wir der Welt, was mit Leidenschaft und Innovation möglich ist.»

Sophia, die ebenfalls anwesend war, fügte hinzu: «Ihr habt bewiesen, dass man große Dinge erreichen kann, wenn man an seine Träume glaubt.»

Nach dem Meeting blieben Erik und Manuel noch einen Moment zurück, um den Tag Revue passieren zu lassen. Sie standen nebeneinander, blickten auf die erleuchtete Rennstrecke hinaus und spürten die Energie und die Erwartungen, die in der Luft lagen.

«Was auch immer morgen geschieht», sagte Manuel leise, «ich weiß, dass wir unser Bestes gegeben haben. Und dass wir es zusammen getan haben.»

Erik sah Manuel an, Dankbarkeit und Liebe in seinen Augen.

«Ja, zusammen. Du hast mir so viel mehr gegeben, als ich je erwartet hätte.

Nicht nur in unserer Arbeit, sondern auch in meinem Leben.»

Kapitel 7

Der Morgen des Rennens begrüßte Erik und Manuel mit einem Himmel, der so klar und weit war, wie die Möglichkeiten, die vor ihnen lagen.

Erik stand am Fenster seines Hotelzimmers und blickte auf die Rennstrecke, ein Gefühl der Erwartung in seiner Brust. Heute war nicht nur ein Wendepunkt für ihre umweltfreundliche Motorsport-Initiative, sondern auch ein persönlicher Meilenstein.

Manuel, der neben ihm stand, beobachtete Erik mit einem sanften Lächeln. «Bist du bereit?», fragte er.

«Mehr als das», antwortete Erik, drehte sich zu Manuel um und ergriff seine Hand. «Es geht um so viel mehr als nur das Rennen heute. Es geht um unsere Zukunft, um das, was wir zusammen aufbauen.»

In diesem Moment klopfte Sophia leise an die Tür und trat ein. Ihre Augen leuchteten vor Stolz und Aufregung.

«Heute ist ein großer Tag, Erik. Du und Manuel, ihr verändert die Welt.»

Erik nickte, erfüllt von der Unterstützung seiner Schwester. Sophia hatte sich in den letzten Monaten als wertvolle Verbündete erwiesen, nicht nur in ihrer Rolle als Eriks Schwester, sondern auch als enthusiastische Unterstützerin ihrer Sache.

«Wir alle tun das», erwiderte Erik. «Jeder von uns trägt etwas bei. Heute ist nur ein weiterer Schritt in die richtige Richtung.»

Gemeinsam machten sie sich auf den Weg zur Rennstrecke. Die Atmosphäre war elektrisierend, ein Gemisch aus Anspannung und Vorfreude. Erik konnte die Blicke spüren – einige voller Bewunderung, andere skeptisch. Unter ihnen war Marco, dessen Blick Erik kurz einfing.

Es war ein kurzer, aber intensiver Moment, in dem unausgesprochene Worte und Herausforderungen in der Luft lagen.

Doch Erik ließ sich nicht beirren. Heute ging es um mehr als nur Rivalitäten. Es ging um die Zukunft, um Veränderung, um Hoffnung.

Die Rennstrecke war ein Wirbel aus Farben und Geräuschen, als Erik, Manuel und Sophia ankamen. Teams und Techniker waren in hektischer Betriebsamkeit, während sie die letzten Vorbereitungen an den futuristischen Fahrzeugen trafen. Erik konnte die Aufregung in der Luft förmlich spüren, als er sich auf den Weg zu seinem Rennwagen machte, einem glänzenden Meisterwerk der Technik und Nachhaltigkeit.

Manuel und Sophia begleiteten ihn, ihre Unterstützung war eine stetige Quelle der Stärke.

«Du zeigst ihnen heute, was möglich ist», sagte Manuel, während sie durch die Boxengasse gingen.

Sophia, die in den letzten Monaten eine tiefe Leidenschaft für die umweltfreundliche Seite des Sports entwickelt hatte, fügte hinzu: «Nicht nur das. Du zeigst, dass Veränderung beginnt, wenn jemand den ersten Schritt macht.»

Erik nickte, seine Gedanken ganz bei dem bevorstehenden Rennen. Er wusste, dass heute mehr auf dem Spiel stand als nur seine persönliche Leistung. Es ging um eine Botschaft, um die Zukunft eines Sports, der am Beginn einer neuen Ära stand.

Während Erik darauf wartete, dass es losging, beobachtete er die anderen Fahrer, darunter auch Marco. Sie hatten seit Jahren eine angespannte Rivalität, aber heute fühlte es sich anders an. Erik war sich bewusst, dass es nicht nur um den Wettbewerb ging, sondern um die

Darstellung ihrer jeweiligen Visionen für den Sport.

Das Signal für die Fahrer, sich bereit zu machen, ertönte, und Erik schloss für einen Moment die Augen, sammelte sich. Als er sie wieder öffnete, war sein Blick fest und entschlossen.

«Viel Glück», sagte Manuel und umarmte ihn kurz.

«Gib alles», ergänzte Sophia, ihre Augen strahlten vor Stolz.

Mit einem letzten Blick auf sie stieg Erik in seinen Wagen. Er setzte den Helm auf, seine Hände umklammerten das Lenkrad. Das Summen des Elektromotors war ein leises Versprechen der bevorstehenden Geschwindigkeit.

Als das Rennen begann, schossen die Fahrzeuge vorwärts. Erik konzentrierte sich auf jede Kurve, jede Beschleunigung. Die Welt um ihn herum verschwamm zu einem Rausch aus Farben und Geräuschen, aber sein Geist war klar und fokussiert.

Manuel und Sophia, jetzt in der Box, beobachteten jedes Manöver auf den Bildschirmen. Sie sahen, wie Erik sich durch das Feld kämpfte, immer näher an die Spitze rückend. Mit jeder Runde wuchs ihre Aufregung, ihre Hoffnungen und Träume mit ihm auf der Strecke.

Die Atmosphäre auf der Rennstrecke war elektrisch, als Erik in die letzte Runde einbog. Er war an der Spitze des Feldes, sein Fahrzeug ein blitzender Pfeil aus Stahl und Hoffnung. Manuel und Sophia verfolgten jede seiner Bewegungen von der Box aus, ihre Herzen schlugen im Takt mit Eriks Rhythmus auf der Strecke.

Erik fühlte sich in diesem Moment unbesiegbar, jeder Teil seines Körpers und Geistes war eins mit dem Rennwagen.

Doch plötzlich, ohne Vorwarnung, begann sein Fahrzeug zu zittern und aus der Bahn zu geraten. Erik kämpfte verzweifelt, um die Kontrolle zurückzugewinnen, seine Instinkte auf höchster Alarmbereitschaft. Doch es war, als würde das Auto sich gegen ihn wenden.

In der Box sahen Manuel und Sophia entsetzt zu, wie Eriks Wagen von der Strecke abkam und sich überschlug. Ein Schrei entwich Sophias Lippen, während Manuel, bleich vor Schock, nur stumm zusehen konnte.

Das Auto kam schließlich zum Stillstand, ein verwüsteter Haufen aus Metall und zerbrochenen Träumen. Die Rettungskräfte eilten herbei, während eine betäubte Stille die Menge erfasste.

Manuel und Sophia rannten zur Unfallstelle, ihr Herz voll Angst um Erik. Als sie ihn im Wrack liegen sahen, spürten sie beide einen stechenden Schmerz. Erik war reglos, sein Körper gefangen in den Überresten des Fahrzeugs, das ihn einst zum Sieg führen sollte.

Sophia hielt die Hand vor den Mund, Tränen strömten über ihre Wangen, während Manuel, der normalerweise so stark war, sich hilflos fühlte. Sie beobachteten, wie die Rettungskräfte arbeiteten, um Erik zu befreien und zu versorgen.

Als Erik schließlich auf einer Trage weggebracht wurde, folgten sie ihm, getrieben von Sorge und der brennenden Frage, was zu diesem furchtbaren Unfall geführt hatte. In diesem Moment des Schreckens und der Unsicherheit hielten sie zusammen, fest entschlossen, für Erik da zu sein und Antworten zu finden.

Im Krankenhaus herrschte eine beklemmende Stille, als Manuel und Sophia auf Nachrichten über Eriks Zustand warteten. Die Wände des Wartezimmers schienen die Spannung und Sorge widerzuspiegeln, die in ihnen brodelte. Manuel, normalerweise ein Fels in der Brandung, fühlte sich hilflos, während

Sophia, die Tränen zurückhaltend, Erik's Hand festhielt, als er bewusstlos im Krankenbett lag.

Die Diagnose des Arztes war ernüchternd: Erik hatte mehrere schwere Verletzungen erlitten, darunter ein komplizierter Beinbruch und eine Gehirnerschütterung. Die nächsten Stunden würden entscheidend sein.

Manuel und Sophia wechselten sich am Krankenbett ab, hielten Wache, sprachen leise Worte der Ermutigung und der Hoffnung, auch wenn Erik sie nicht hören konnte. Sie waren fest entschlossen, an seiner Seite zu bleiben, bis er die Augen öffnete.

In den langen Stunden des Wartens reflektierten sie über die Ereignisse, die zu diesem Punkt geführt hatten. Manuel dachte nach über die vielen Herausforderungen, die sie gemeinsam gemeistert hatten, und über die tiefe Verbindung, die zwischen ihm und Erik entstanden war. Sophia hingegen war voller Bewunderung für ihren Bruder, der so viel riskiert hatte, um seine Träume und Überzeugungen zu verwirklichen.

Als Erik schließlich die Augen öffnete, waren Erleichterung und Freude in ihren Gesichtern zu lesen. Sein erster Blick suchte Manuel, ein schwaches Lächeln umspielte seine Lippen, als er seine Hand fand. «Manuel», flüsterte er heiser.

«Ich bin hier, Erik. Wir sind beide hier», antwortete Manuel, Tränen der Erleichterung in den Augen.

Sophia, die an Eriks anderer Seite stand, legte ihre Hand auf seine Schulter.

«Du bist ein Kämpfer, Bruder. Wir werden das zusammen durchstehen.»

In den folgenden Tagen begann die Untersuchung des Unfalls. Die Polizei und die Rennveranstalter nahmen die Überreste von Eriks Wagen genau unter die Lupe. Die ersten Erkenntnisse deuteten darauf hin, dass es sich nicht um einen gewöhnlichen Unfall handelte.

Es gab Hinweise auf Sabotage.

Kapitel 8

In den Tagen, die auf Eriks Unfall folgten, verdichteten sich diese Hinweise. Die Untersuchung des Wracks hatte ergeben, dass entscheidende Systeme des Fahrzeugs manipuliert worden waren. Diese schockierende Entdeckung löste eine Welle der Spekulationen aus, und ein Name stand im Zentrum dieser Vermutungen: Marco. Manuel und Sophia, die Erik im Krankenhaus unterstützten, waren von den Neuigkeiten tief betroffen.

«Es ist schwer zu glauben, dass Marco so etwas tun könnte», sagte Sophia, während sie besorgt am Fenster des Krankenzimmers stand.

«Seine Feindseligkeit gegenüber Erik und auch zu mir war immer offensichtlich», erwiderte Manuel nachdenklich. «Aber von Feindseligkeit zu Sabotage und damit auch schwerer Körperverletzung ist ein großer Schritt.»

Erik, der noch immer mit den Folgen des Unfalls kämpfte, hörte ihre Worte und fühlte eine Mischung aus Enttäuschung und Zorn.

«Marco und ich hatten unsere Differenzen, aber ich hätte nie gedacht, dass er zu solch extremen Maßnahmen greifen würde», sagte er mit schwacher Stimme.

Die Polizei hatte Marco bereits befragt, aber ohne konkrete Beweise war es schwierig, irgendeine Anschuldigung aufrechtzuerhalten.

In der Zwischenzeit begannen sich in der Rennsport-Community Spaltungen abzuzeichnen. Einige standen fest hinter Erik und seinem Engagement für den umweltfreundlichen Motorsport, während andere skeptisch gegenüber den Veränderungen waren, die Erik und Manuel vorantrieben.

Die Spannungen, die unter der Oberfläche schwelten, drohten nun offen auszubrechen.

Bei einem Social Media Posting wurde Erik markiert und als Lügner bezeichnet. Obwohl er nirgends öffentlich behauptet hatte, dass er Marco für den Unfall verantwortlich machte, warf man ihm genau das vor.

«Marco ist ein toller Mann. Er würde niemals so gegen jemanden vorgehen, der sowieso keine Chance gegen ihn hätte», schrieb die junge Frau, die wohl schon lange ein Fan von Marco war. Ihr Posting gefiel viel zu vielen Menschen.

Erik, obwohl physisch geschwächt, spürte eine neue Entschlossenheit in sich aufsteigen. Er wusste, dass die Wahrheit ans Licht kommen musste, nicht nur für seine persönliche Gerechtigkeit, sondern auch für die Zukunft des Sports, den er liebte.

Während Erik langsam im Krankenhaus seine Kräfte zurückerlangte, intensivierten sich die Ermittlungen zum Unfall. Sophia hatte sich auf eine eigene Mission begeben, um Hinweise zu sammeln. Sie traf sich mit Mitgliedern des Rennteams, Mechanikern und anderen Fahrern, die möglicherweise etwas über Marcos Aktivitäten wussten.

Sophia betrat die Werkstatt, wo der Mechaniker, ein langjähriger Bekannter der Familie, an einem Motor arbeitete. Er sah müde und besorgt aus. «Hallo, Sophia», begrüßte er sie, wobei seine Stimme etwas angespannt klang.

«Hallo, Markus. Ich hoffe, es ist ein guter Zeitpunkt», begann Sophia vorsichtig. «Ich brauche deine Hilfe. Es geht um Erik.»

Markus seufzte und wischte sich die Hände an einem Tuch ab.

«Ich habe gehört, was passiert ist. Schreckliche Sache.»

Sophia trat näher. «Ich habe Grund zu der Annahme, dass Marco etwas damit zu tun haben könnte. Hast du in letzter Zeit etwas Ungewöhnliches bemerkt?»

Markus blickte sich nervös um, bevor er antwortete.

«Nun, ich sollte das vielleicht nicht sagen, aber Marco hat sich in letzter Zeit seltsam verhalten. Er war oft nachts hier und hat an Eriks Wagen gearbeitet. Ich dachte mir nichts dabei, aber jetzt… »

«Warum hast du das niemandem erzählt?», fragte Sophia, ihre Augen weiteten sich.

«Ich war mir nicht sicher, ob ich das richtig interpretiere», gestand Markus. «Außerdem hatte ich Angst vor den Konsequenzen. Wenn Marco dahintersteckt…»

Sophia legte eine Hand auf seinen Arm. «Markus, es ist wirklich wichtig, dass du der Polizei davon erzählst. Was du gesehen hast, könnte entscheidend sein.»

Markus war unsicher. «Aber was ist, wenn ich dadurch Ärger bekomme? Was, wenn Marco…»
Sophia unterbrach ihn sanft. «Ich verstehe deine Sorgen, aber das Richtige zu tun ist wichtiger. Ich verspreche dir, Erik und ich werden dafür sorgen, dass du keine negativen Konsequenzen zu tragen hast. Die Wahrheit muss ans Licht kommen.»
Markus nickte langsam, seine Entscheidung sichtbar auf seinem Gesicht. «In Ordnung. Ich werde mit der Polizei reden. Für Erik.»
Sophia lächelte ihm dankbar zu. «Danke, Markus. Du tust das Richtige.»
Die Polizei nahm den Hinweis ernst und begann, tiefer in Marcos Aktivitäten zu graben. Zusätzliche Untersuchungen brachten neue Beweise ans Licht, die Marcos Verwicklung in den Vorfall bestätigten.
In der Zwischenzeit verbreitete sich die Nachricht von der möglichen Sabotage

durch Marco in der Rennsportwelt. Die Community reagierte mit einem Gemisch aus Schock und Empörung. Einige lehnten die Vorwürfe ab, andere begannen, ihre Unterstützung für Erik und Manuel zu verstärken.

Für Erik war es ein bitterer Moment der Bestätigung. Er hatte immer gewusst, dass sein Streben nach Veränderung im Motorsport Widerstand hervorrufen würde, aber er hatte nie erwartet, dass es zu solch gefährlichen Konsequenzen führen könnte.

«Das ist mehr als nur ein persönlicher Angriff», sagte Erik leise, als er die neuesten Entwicklungen mit Manuel und Sophia besprach. «Das ist ein Angriff auf alles, was wir zu erreichen versuchen.»

Manuel, der neben ihm saß, nahm Eriks Hand.

«Wir lassen uns dadurch nicht stoppen», versicherte er. «Wir haben schon zu viel erreicht, um jetzt aufzugeben.

Außerdem wird die Polizei jetzt hoffentlich Marcos Beteiligung erkennen. Und dann wird ER gestoppt.»
Sophia, die ihre Rolle als Eriks Vertraute und Verbündete weiter ausbaute, stimmte zu. «Wir kämpfen weiter, für dich, für den Sport und für die Zukunft.»
Während Erik im Krankenhaus weiterhin an seiner Genesung arbeitete, nahm der Fall eine entscheidende Wendung. Die Polizei hatte genug Beweise gesammelt, um Marco offiziell als Hauptverdächtigen in der Sabotage von Eriks Auto zu benennen. Die Nachricht von Marcos Verhaftung verbreitete sich schnell und löste in der Rennsportgemeinschaft eine Welle der Bestürzung aus.
Erik, Manuel und Sophia empfanden eine Mischung aus Erleichterung und tiefer Traurigkeit, als sie die Nachricht hörten. «Ich kann immer noch nicht glauben, dass Marco mir das angetan

hat», sagte Erik leise, während er aus dem Krankenhausfenster auf die Stadt blickte.

«Es ist ein Schock», stimmte Manuel zu. «Aber es zeigt, wie weit manche Menschen gehen, um Veränderungen zu verhindern.»

Sophia, die sich während der gesamten Untersuchung als unermüdliche Unterstützerin erwiesen hatte, fügte hinzu: «Das Wichtigste ist, dass die Wahrheit jetzt ans Licht gekommen ist. Wir können endlich damit beginnen, das Geschehene hinter uns zu lassen und nach vorne zu blicken.»

In den folgenden Tagen besuchten Freunde, Kollegen und Fans Erik im Krankenhaus, um ihre Unterstützung und Solidarität zu bekunden. Die Nachricht von Marcos Verhaftung hatte viele in der Community dazu veranlasst, sich öffentlich hinter Erik und seine Vision für einen nachhaltigen Motorsport zu stellen.

Unterdessen bereitete sich Marco auf seinen Prozess vor. Die Beweislage gegen ihn war erdrückend, und viele, die ihn einst unterstützt hatten, wandten sich nun von ihm ab. Die bevorstehende Gerichtsverhandlung versprach, ein Meilenstein in der Geschichte des Motorsports zu werden, ein Kampf zwischen den Traditionen der Vergangenheit und den Visionen für die Zukunft.

Erik, der sich allmählich erholt hatte, fühlte sich gestärkt durch die Unterstützung, die er erhalten hatte.

«Das hier ist mehr als nur mein persönlicher Kampf», sagte er eines Tages zu Manuel und Sophia. «Es geht um die Zukunft unseres Sports, um die Sicherheit der Fahrer und um die Verantwortung, die wir gegenüber der nächsten Generation haben.»

Manuel nickte zustimmend.

«Und wir stehen an deiner Seite, Erik. Gemeinsam haben wir die Kraft, diesen Kampf zu führen und zu gewinnen.»
Sophia lächelte und ergriff ihre Hände.
«Wir sind ein Team, jetzt mehr denn je. Und gemeinsam werden wir zeigen, dass Gerechtigkeit und Wahrheit immer siegen.»
Mit der Gerichtsverhandlung gegen Marco erreichte die Spannung innerhalb der Rennsportgemeinschaft einen Höhepunkt. Die Medien berichteten ausführlich über den Fall, und die öffentliche Meinung kippte zunehmend zu Eriks Gunsten. Viele, die zuvor skeptisch gegenüber seiner Vision für einen umweltfreundlichen Motorsport gewesen waren, begannen nun, seine Anstrengungen und Ziele zu unterstützen.
Zusätzlich machte Marco den Fehler seine homophoben Äußerungen jetzt auch öffentlich zu äußern, was dazu führte, dass auch die wenigen Unter-

stützer sich von ihm abwandten, die er noch hatte.

Marco wurde schließlich wegen versuchten Mordes zu einer langen Haftstrafe verurteilt.

Inzwischen hatte Erik erhebliche Fortschritte bei seiner Genesung gemacht. Unter der aufopferungsvollen Pflege von Manuel und der ständigen Unterstützung von Sophia gewann er langsam seine Kraft und Entschlossenheit zurück. Der Tag seiner Entlassung aus dem Krankenhaus rückte näher, und mit ihm das Bewusstsein, dass ein neues Kapitel in seinem Leben und seiner Karriere begann.

«Ich habe so viel über mich selbst und über das, was wirklich zählt, gelernt», sagte Erik eines Abends zu Manuel und Sophia. «Dieser Unfall, so schrecklich er auch war, hat mir die Augen geöffnet. Es gibt so viel mehr, das wir erreichen können.»

Manuel, der Eriks Hand hielt, nickte zustimmend.

«Du hast so vielen Menschen Mut gemacht, Erik. Dein Kampf und dein Durchhaltevermögen haben bewiesen, dass Veränderung möglich ist.»

Sophia, die neben ihnen saß, fügte hinzu: «Du bist ein echter Held, Erik. Nicht nur auf der Rennstrecke, sondern auch im Leben.»

Als der Tag von Eriks Entlassung kam, wartete eine Gruppe von Reportern, Fans und Unterstützern vor dem Krankenhaus. Seine Geschichte hatte viele inspiriert, und seine Entschlossenheit, trotz der Widrigkeiten weiterzumachen, hatte ihm Respekt und Bewunderung eingebracht.

Erik, Manuel und Sophia traten gemeinsam aus dem Krankenhaus. Erik war noch etwas wackelig auf den Beinen, hatte aber ein Lächeln auf dem Gesicht. Er war überwältigt von der

herzlichen Begrüßung, die ihm zuteil-
wurde.

«Heute beginnt ein neuer Abschnitt für
uns alle», sagte Erik zu den versam-
melten Menschen. «Ein Abschnitt, in
dem wir gemeinsam für eine bessere,
sicherere und nachhaltigere Zukunft im
Motorsport kämpfen.»
Während sie gemeinsam das Kranken-
hausgelände verließen, waren sie sich
bewusst, dass der Weg vor ihnen nicht
leicht sein würde. Aber sie wussten
auch, dass sie, solange sie zusammen-
standen, jede Herausforderung bewältigen konnten.

Epilog

Ein Jahr nach dem dramatischen Unfall und dem folgenden Rechtsstreit gegen Marco hatte sich vieles verändert. Erik, vollständig genesen, war zu einem prominenten Befürworter für Sicherheit und Nachhaltigkeit im Motorsport geworden.

Seine Beziehung zu Manuel hatte sich vertieft, und zusammen hatten sie eine Stiftung gegründet, die junge Talente im umweltfreundlichen Rennsport förderte.

Der Erfolg ihres ersten großen Projekts, eines Wettbewerbs für junge Ingenieure, hatte weit über die Grenzen des Motorsports hinaus Anerkennung gefunden. Die Gewinnerin, eine talentierte Jungingenieurin, hatte ein revolutionäres Konzept für einen umweltfreundlichen Rennwagen entwickelt, das neue Maßstäbe in der Branche setzte.

Die Geschichte ihrer Liebe und ihres gemeinsamen Kampfes hatte weit über die Grenzen des Rennsports hinaus Anerkennung gefunden. Sie waren zu Symbolen für Entschlossenheit, Veränderung und die Kraft der Liebe geworden.

Adrian, der sich auch schon lange Zeit zu Männern hingezogen fühlte, hatte sich nun auch öffentlich dazu bekannt.

«Ihr beiden seid ein großes Beispiel für viele», sagte er lächelnd. «Zu meiner Zeit durfte man noch nicht so offen zu seinen Überzeugungen stehen. Dank euch habe ich gemerkt, dass man sich nicht davon abhalten darf, zu fühlen, was man eben fühlt.»

An einem sonnigen Nachmittag standen Erik und Manuel vor einem Altar, umgeben von Familie, Freunden und vielen, die sie auf ihrer Reise unterstützt hatten. Sie gaben sich das Ja-Wort in einer bewegenden Zeremonie, die die Liebe und das Engagement, das sie füreinander empfanden, feierte.

Sophia, die Trauzeugin, hielt eine berührende Rede.

«Ihr habt bewiesen, dass Liebe und Wahrheit selbst in den dunkelsten Zeiten leuchten. Ihr seid nicht nur ein Vorbild für mich, sondern für uns alle.»

Nach der Zeremonie standen Erik und Manuel abseits, ihre Hände miteinander verschränkt, während sie den Sonnenuntergang betrachteten.

Erik blickte zu Manuel auf und sagte leise: «Vor einem Jahr hätte ich mir nie vorstellen können, dass wir hier stehen würden. Du hast mein Leben in so vielen wunderbaren Wegen bereichert.»

Manuel drückte Eriks Hand fester. «Ich wusste immer, dass du etwas Besonderes bist, Erik. Zusammen haben wir mehr erreicht, als ich je für möglich gehalten hätte.»

«Es ist mehr als das, was wir erreicht haben», erwiderte Erik, ein warmes Lächeln auf seinem Gesicht. «Es ist das, was wir zusammen sind. Du bist mein Anker, meine Inspiration.»

«Und du bist meine Kraft, mein Herz», sagte Manuel, während er Erik sanft umarmte. «Egal, was die Zukunft bringt, ich weiß, dass wir es zusammen meistern werden.»

Paul und Lars
Baupläne des Schicksals

Kapitel 1

Lars hatte schon an vielen Orten gearbeitet, aber dieses neue Bauprojekt im Herzen der Stadt fühlte sich anders an. Als der Polier an diesem kühlen Morgen die Baustelle betrat, war es, als würde er in eine andere Welt eintauchen. Die enormen Stahlkonstruktionen ragten wie die Knochen eines gigantischen Ungetüms in den Himmel. Lars konnte nicht umhin, beeindruckt zu sein, obwohl er es nie zugegeben hätte.
Er war früh dran, die Sonne hatte gerade begonnen, den Horizont zu erleuchten. Der Bauhelm saß fest auf seinem Kopf, die Sicherheitsweste umschloss seinen kräftigen Körper.
Er war bereit, in den Tag zu starten, bereit, seine Fähigkeiten unter Beweis zu stellen. Lars war in seiner Welt, auf der Baustelle, wo jeder Handgriff zählte

und jeder Schweißtropfen seinen Wert hatte.

Als der Bauwagen sich öffnete, trat eine Gruppe Menschen heraus, angeführt von einem Mann, der ganz offensichtlich nicht von hier war. Er trug einen scharf geschnittenen Anzug, der mehr nach Büro als nach Baustelle schrie, und sein Haar war makellos gestylt. Dieser Mann, Paul Schneider, wie er sich vorstellte, war der Auftraggeber des Projekts.

Paul begann, das Projekt zu erläutern, seine Stimme fest und sicher. Er sprach über Termine, Sicherheitsprotokolle und Erwartungen. Lars hörte zu, doch sein Blick blieb an Pauls Gesicht hängen, an der Art, wie seine Lippen sich bewegten, wie seine Augen bei jedem wichtigen Punkt ein wenig enger wurden. Es war etwas an diesem Mann, das Lars nicht einordnen konnte, er spürte eine magnetische Anziehung, die er sich nicht erklären wollte.

Die Führung über die Baustelle begann, und Paul ging voran, wobei er ab und zu einen Blick auf seine Unterlagen warf. Lars folgte ihm, zusammen mit den anderen.

Jedes Mal, wenn Paul stehen blieb, um etwas zu erklären, war Lars in der Nähe, hörte zu, beobachtete. Er konnte sich nicht erinnern, wann er das letzte Mal so auf jemanden geachtet hatte.

Es gab einen Moment, einen flüchtigen Moment, in dem sich ihre Blicke trafen. Es war nur ein Bruchteil einer Sekunde, aber für Lars fühlte es sich an wie eine Ewigkeit.

Pauls Augen waren von einem tiefen Braun, und es schien, als würden sie direkt in Lars hineinsehen. Dann war der Moment vorbei, Paul wandte sich ab, und die Führung ging weiter.

Als die Führung endete und Paul sich verabschiedete, spürte Lars eine seltsame Leere. Er schüttelte den Kopf, als wollte er die Gedanken und Gefühle,

die Paul in ihm geweckt hatte, abschütteln. Er kehrte zu seinem Arbeitsbereich
zurück, seine Hände fest um die Werkzeuge, die ihm so vertraut waren. Er
war hier, um zu arbeiten, nicht um über
den Auftraggeber nachzudenken.
Doch während er arbeitete und das
Echo der Maschinen die Luft erfüllte,
fanden seine Gedanken immer wieder
den Weg zurück zu Paul.
Es war nicht nur Pauls Erscheinung, die
ihn faszinierte; es war die Art, wie Paul
sprach, mit einer Klarheit und einem
Selbstvertrauen, das Lars selten erlebt
hatte. Er fragte sich, was es war, das
diesen Mann so anders machte, so fes-
selnd.
Lars arbeitete weiter, doch in seinem
Kopf drehten sich die Räder. Es war
nicht das erste Mal, dass er jemanden
traf, der seine Aufmerksamkeit erregte,
aber es war das erste Mal, dass es ein
Mann war.

Das warf Fragen auf, die Lars nicht bereit war zu beantworten, Unsicherheiten, denen er sich nicht stellen wollte.

Als die Mittagspause kam, unterhielt sich Lars mit Carlos, seinem langjährigen Kollegen und Freund. Carlos war der Typ, der immer einen Witz auf den Lippen hatte, der nie ein Blatt vor den Mund nahm.

«Hast du den Anzugträger gesehen?», fragte Carlos und lachte. «Ich dachte, er würde uns beibringen, wie man Aktien handelt, nicht wie man ein Gebäude baut!»

Lars lachte mit, aber sein Lachen klang hohl in seinen eigenen Ohren. Er konnte Carlos nicht sagen, was in seinem Kopf vorging, konnte nicht erklären, warum der «Anzugträger» mehr für ihn war als nur ein unpassender Auftraggeber.

Lars war gerade dabei, seine Werkzeuge zu säubern, als Herr Wagner, der

Baumeister, mit einem finsteren Gesichtsausdruck auf ihn zukam. Lars spürte sofort, dass etwas nicht stimmte.

«Lars, dein Arbeitstempo lässt heute zu wünschen übrig», begann Herr Wagner, ohne eine Begrüßung. «Und diese neuen Leute, die du eingestellt hast, die sind auch keine große Hilfe.»

Lars sah auf.

Er wusste, dass er heute nicht langsamer als sonst arbeitete. Die neuen Arbeiter waren junge Leute, frisch in der Branche, die noch lernen mussten, aber sie bemühten sich.

«Herr Wagner, ich arbeite so effizient wie immer», antwortete Lars ruhig. «Und die neuen Mitarbeiter brauchen vielleicht etwas Zeit, um sich einzufinden. Wir waren alle mal Anfänger.»

«Das ist keine Entschuldigung», schnaubte Herr Wagner. «Wir sind hier, um zu arbeiten, nicht als Ausbildungseinrichtung.»

Er warf einen abfälligen Blick auf die jüngeren Arbeiter.

Lars spürte, wie sich Ärger in ihm regte.

«Jeder verdient eine Chance, sich zu beweisen. Respekt und Fairness am Arbeitsplatz sind wichtig», erwiderte er, seine Stimme beherrscht, aber bestimmt.

Herr Wagner fixierte Lars mit einem harten Blick.

«Pass auf, Lars. Deine Arbeit ist vielleicht zufriedenstellend, aber deswegen kannst du dir noch lange nicht alles erlauben.»

Mit diesen Worten drehte er sich um und ging.

Lars beobachtete, wie Herr Wagner sich entfernte, und spürte, wie die Spannung in der Luft hing. Er wusste, dass diese Konfrontation nicht die letzte sein würde.

Die Arbeit nahm den Rest des Tages in Anspruch, aber die Begegnung mit Paul hallte in Lars' Gedanken nach.

Als er die Baustelle am Abend verließ, wusste er, dass dieser Tag mehr für ihn verändert hatte, als er zugeben wollte.

Paul hatte sich auf diesen Tag vorbereitet, aber nichts konnte ihn auf die Begegnung mit Lars vorbereiten. Während er sich auf dem Rückweg zu seinem Büro befand, gingen seine Gedanken immer wieder zu dem Bauarbeiter mit den eindringlichen Augen zurück.

Es war ungewöhnlich für ihn, so von jemandem gefangen genommen zu werden, besonders in einer beruflichen Umgebung. Paul war es gewohnt, Kontrolle über seine Emotionen zu haben, doch bei Lars fühlte er sich merkwürdig verunsichert.

In seinem Büro angekommen, versuchte Paul, sich auf die Stapel von Akten zu konzentrieren, die auf seinem

Schreibtisch warteten. Doch seine Gedanken drifteten immer wieder ab.

Es war etwas Rohes, Echtes an Lars, das ihn faszinierte. Paul schätzte Authentizität über alles, und Lars schien davon mehr als genug zu haben.

Paul entschied sich, eine Pause zu machen, und ging zu einem kleinen Café in der Nähe seiner Kanzlei. Dort traf er sich wie so oft mit Sophie, seiner besten Freundin und Vertrauten. Als er ihr von der heutigen Baustellenführung erzählte, konnte er nicht umhin, Lars zu erwähnen.

«Er ist was Besonderes», gab Paul zu, während er mit seinem Kaffee spielte. «Es ist nicht nur sein Aussehen. Es ist seine Art, die Welt zu betrachten, als würde er etwas sehen, das uns anderen verborgen bleibt.»

Sophie lächelte schelmisch.

«Klingt, als hätte jemand Eindruck hinterlassen», neckte sie ihn. «Aber pass auf, Paul. Du weißt, wie kompliziert es werden kann, wenn berufliches und privates Interesse sich überschneiden. Abgesehen davon klang es, als sei er hetero?»

Paul nickte.

Er wusste, dass sie Recht hatte. Aber etwas in ihm wollte mehr über Lars erfahren, wollte diese unerklärliche Verbindung erforschen, die er gespürt hatte.

«Ich habe wirklich das Gefühl, als wäre da mehr zwischen uns als nur eine freundschaftliche Verbindung. Ich glaube, dass er mich mag. Egal, ob er vorher nur mit Frauen zusammen war oder nicht. Aber ich werde vorsichtig sein», versprach er, obwohl er sich nicht sicher war, ob er dieses Versprechen halten konnte.

Nach der Pause kehrte Paul zurück in sein Büro, fest entschlossen, sich auf seine Arbeit zu konzentrieren. Doch die Bilder von Lars, wie er ernst und konzentriert auf der Baustelle stand, ließen ihn nicht los.

Es war mehr als nur physische Anziehung; es war ein Gefühl von Neugier, eine Sehnsucht, hinter die Fassade des schweigsamen Bauarbeiters zu blicken. Paul hatte schon viele Menschen getroffen, aber niemand hatte ihn so schnell und so tief beeindruckt.

Am späten Nachmittag, als die Sonne bereits tief am Horizont stand, beschloss Paul, noch einmal zur Baustelle zu gehen.

Er sagte sich, dass es nur darum ging, den Fortschritt des Projekts zu überprüfen, aber tief in seinem Inneren wusste er, dass es mehr war. Er wollte Lars sehen, wollte verstehen, was es war, das ihn so anzog.

Als er die Baustelle erreichte, war die Arbeit für den Tag fast beendet. Die Arbeiter räumten ihre Werkzeuge weg und bereiteten sich darauf vor, nach Hause zu gehen. Paul suchte nach Lars und fand ihn schließlich, wie er allein an einer Ecke der Baustelle stand, seine Augen auf die untergehende Sonne gerichtet.

Paul trat näher, unsicher, wie er das Gespräch beginnen sollte. «Die Arbeit ist schon gut vorangegangen», sagte er schließlich.

Lars drehte sich überrascht um.

«Oh, Herr… Schneider, richtig?» Seine Stimme war tiefer, als Paul es in Erinnerung hatte, und irgendwie berührte sie etwas in ihm.

«Ja, genau», antwortete Paul und versuchte, seine professionelle Fassade aufrechtzuerhalten. «Ich wollte nur sehen, wie alles läuft.»

Es entstand eine kurze, unbehagliche Stille. Lars überlegte, was er sagen sollte, dann nickte er langsam.

«Läuft alles nach Plan», sagte er knapp.

Paul nickte, aber er wollte noch nicht gehen. «Sie machen gute Arbeit hier», fügte er hinzu und sah Lars direkt in die Augen.

Lars schien überrascht über das Kompliment, aber er lächelte leicht.

«Danke. Wir geben unser Bestes.»

In diesem Moment wollte Paul mehr sagen, wollte mehr über diesen Mann erfahren, aber er hielt sich zurück. Es war nicht der richtige Ort, nicht der richtige Zeitpunkt.

«Nun, ich werde Sie nicht länger aufhalten», sagte er schließlich. «Wir sehen uns morgen.»

Paul fiel es schwer, doch er drehte sich um und ging. Etwas an Lars zog ihn an, und er konnte sich nicht dagegen wehren.

Lars beobachtete, wie Paul ging, und fühlte sich seltsam leer. Er verstand nicht, was vor sich ging, verstand seine eigenen Gefühle nicht. Alles, was er wusste, war, dass Paul anders war als jeder, den er je getroffen hatte.

Der Tag neigte sich dem Ende zu, und Lars verließ die Baustelle mit gemischten Gefühlen. Er wusste, dass der morgige Tag neue Herausforderungen mit sich bringen würde, aber irgendwie freute er sich darauf, Paul wiederzusehen.

Kapitel 2

Nach der Arbeit saßen Lars und Carlos in ihrer Stammkneipe, ein rustikaler Ort, wo sie oft den Tag ausklingen ließen. Das Bier war kalt, und die Atmosphäre war gefüllt mit dem Lachen und den Gesprächen der Stammgäste. Doch heute war Lars irgendwie abgelenkt.
Carlos bemerkte Lars' nachdenkliche Stimmung. «Alles in Ordnung, Kumpel?», fragte er, während er einen tiefen Schluck von seinem Bier nahm. «Du wirkst heute anders.»
Lars zögerte. Er konnte Carlos nicht sagen, was wirklich in seinem Kopf vorging, konnte nicht erklären, wie der Anwalt, Paul, ihn aus der Bahn geworfen hatte.
«Ach, es ist nur das neue Projekt», log er. «Es wird eine Herausforderung.»
Carlos lachte.

«Seit wann schreckst du vor einer Herausforderung zurück? Das ist doch genau dein Ding!»

Lars erwiderte das Lachen, aber es erreichte seine Augen nicht. Er nahm einen Schluck von seinem eigenen Bier und versuchte, sich zu entspannen. Doch seine Gedanken kreisten weiterhin um Paul.

Was war es an diesem Mann, das ihn so beschäftigte?

Sie wechselten über zu anderen Themen, aber Lars' Geist war woanders. Er dachte an Pauls feste Stimme, seine sichere Haltung, und wie anders seine Welt zu sein schien. Lars fühlte sich in seinem gewohnten Umfeld sicher, doch Paul repräsentierte etwas Unbekanntes, etwas, das außerhalb seiner Erfahrung lag.

«Du bist heute wirklich mit den Gedanken woanders», bemerkte Carlos. «Wenn du über das Projekt reden willst, bin ich da.»

Lars schätzte Carlos' Angebot, aber er wusste, dass dies etwas war, was er allein durchstehen musste. Er musste verstehen, was diese Gefühle bedeuteten, musste herausfinden, warum Paul einen solchen Einfluss auf ihn hatte.

Als die Nacht hereinbrach, verabschiedete sich Lars von Carlos und machte sich auf den Weg nach Hause. Die Straßen waren ruhig, und die kühle Nachtluft klärte seine Gedanken ein wenig.

Er dachte darüber nach, wie sein Leben bisher verlaufen war, geradlinig und unkompliziert. Doch jetzt, mit Paul in seinem Leben, schien alles komplizierter, verwirrender.

Lars erreichte sein Apartment, eine bescheidene, aber gemütliche Unterkunft. Er schloss die Tür hinter sich und lehnte sich einen Moment dagegen. Er fühlte sich erschöpft, nicht nur körperlich, sondern auch emotional.

Die Begegnung mit Paul hatte etwas in ihm ausgelöst, etwas, das er nicht ignorieren konnte.

Er ging ins Bett, aber der Schlaf kam nicht leicht. Pauls Bild tauchte immer wieder in seinem Kopf auf, und mit ihm kamen Fragen, Zweifel und eine seltsame Art von Aufregung. Lars wusste, dass der morgige Tag Antworten bringen würde, doch er war sich nicht sicher, ob er bereit dafür war.

Paul lag in seinem Bett, die Dunkelheit des Zimmers umhüllte ihn wie ein stiller Zeuge seiner Gedanken. Der Tag hatte ihn mehr mitgenommen, als er zugeben wollte. Das Treffen mit Lars hatte etwas in ihm ausgelöst, eine Mischung aus Verwirrung und Neugier, die er nicht ignorieren konnte.

Er dachte an ihre kurze Unterhaltung am Ende des Tages. Lars' tiefe Stimme, seine ernsten Augen, und wie er so da stand, mit der untergehenden Sonne im Hintergrund. Paul hatte schon viele

Menschen getroffen, aber keiner hatte eine solche Präsenz wie Lars.

Die Stille des Zimmers wurde nur durch das leise Summen des Stadtlebens draußen unterbrochen. Paul drehte sich im Bett um, versuchte, eine bequeme Position zu finden, aber der Schlaf wollte nicht kommen. Seine Gedanken kreisten immer wieder um Lars und das, was dieser Mann in ihm auslöste.

Paul war sich seiner sexuellen Orientierung immer sicher gewesen und hatte nie gezögert, sie zu leben. Aber das hier war anders. Es war nicht nur körperliche Anziehung; es war ein tiefes Interesse an der Person Lars, an dem, was ihn ausmachte.

Er dachte an Sophies Worte zurück, an ihre Warnung, vorsichtig zu sein. Paul wusste, dass sie Recht hatte, dass berufliche und private Interessen manchmal nicht einfach zu trennen waren. Aber er konnte auch nicht leugnen, dass er mehr über Lars erfahren wollte.

Als die Uhr tief in die Nacht tickte, entschied Paul, dass er nicht länger im Bett liegen und grübeln wollte. Er stand auf, ging zu seinem Schreibtisch und schaltete die kleine Lampe ein. Vielleicht würde Arbeit ihm helfen, seine Gedanken zu ordnen.

Er nahm einige Akten und begann, sich durch sie zu arbeiten. Doch selbst hier, umgeben von den vertrauten Seiten voller juristischer Texte, fand er sich dabei wieder, wie er an Lars dachte.

Wie würde es morgen sein, wenn sie sich wiedersehen? Würde diese seltsame Anziehungskraft immer noch da sein?

Paul arbeitete bis in die frühen Morgenstunden, bis seine Augen müde wurden und er sich schließlich gezwungen sah, ins Bett zurückzukehren.

Er legte sich hin und schloss die Augen, und in der Stille der Nacht, zwischen

Wachsein und Schlaf, war es Lars' Bild, das ihn in seinen kurzen Träumen begleitete.

Kapitel 3

Lars fühlte sich wie in einem Nebel, als er an diesem Morgen die Baustelle betrat. Die Begegnung mit Paul am Vortag hatte eine Flut von Gefühlen und Fragen in ihm ausgelöst, die er nicht einordnen konnte.

Er wusste, dass er mit jemandem darüber sprechen musste, und der erste Gedanke, der ihm in den Sinn kam, war seine Schwester Elena.

Nach der Arbeit rief Lars Elena an und verabredete sich mit ihr in einem kleinen Café in der Nähe seiner Wohnung. Elena war nicht nur seine Schwester, sondern auch eine seiner engsten Vertrauten.

Als Lars ihr gegenübersaß, fand er sich in der ungewohnten Position wieder, über seine Gefühle zu sprechen. «Ich weiß nicht, was los ist, Lena», begann er zögerlich.

«Es gibt da diesen Mann, Paul. Er ist der Auftraggeber unseres Projekts. Irgendetwas an ihm… es verwirrt mich.»

Elena hörte aufmerksam zu. «Was verwirrt dich an ihm, Lars?», fragte sie sanft.

Lars kämpfte mit den Worten. «Es ist die Art, wie ich mich fühle, wenn ich bei ihm bin. Es ist anders, ich kann es nicht erklären. Ich habe so etwas noch nie gefühlt, schon gar nicht bei einem Mann.»

Elena legte ihre Hand auf seine. «Es ist in Ordnung, Lars. Gefühle sind manchmal verwirrend, aber sie sind auch ein Teil dessen, wer wir sind. Vielleicht ist das eine Gelegenheit für dich, etwas Neues über dich selbst zu erfahren.»

Lars nickte langsam, die Worte seiner Schwester verarbeitend. Er hatte immer gedacht, er wisse, wer er war, aber jetzt war er sich da nicht mehr so sicher.

«Aber was, wenn ich mich irre? Was, wenn das alles nur ein Missverständnis ist?», fragte er.

«Lass dir Zeit, Lars», antwortete Elena. «Es gibt keinen Grund zur Eile. Lerne Paul kennen, erforsche deine Gefühle. Das Wichtigste ist, dass du ehrlich zu dir selbst bist.»

Lars fühlte sich nach dem Gespräch mit Elena ein wenig leichter. Als er das Café verließ, spürte er, dass eine Last von seinen Schultern gefallen war. Er hatte noch einen langen Weg vor sich, aber zum ersten Mal seit langem fühlte er sich bereit, sich auf diesen Weg zu begeben.

In der Zwischenzeit hatte Paul ein Treffen mit seinem Mentor und Seniorpartner der Kanzlei, Herrn Fischer. Paul schätzte Herrn Fischers Weisheit und Erfahrung, besonders in komplizierten Rechtsangelegenheiten.

Doch heute fiel es ihm schwer, sich auf das Gespräch zu konzentrieren, seine

Gedanken wanderten immer wieder zu Lars. Paul hatte sich bislang in seiner Rolle innerhalb der LGBTQIA+-Gemeinschaft wohlgefühlt und war sich seiner Identität und seiner Beziehungen stets sicher gewesen.

Doch die Begegnung mit Lars, einem Mann aus einer völlig anderen Welt, brachte ihn dazu, seine bisherigen Vorstellungen zu hinterfragen.

Herr Fischer bemerkte Pauls Ablenkung und fragte besorgt: «Paul, ist alles in Ordnung? Du scheinst heute nicht ganz bei der Sache zu sein.»

Paul seufzte und entschied sich, ehrlich zu sein. «Es gibt da jemanden vom Bauprojekt, der mich beschäftigt... ein Mann namens Lars. Er ist so anders als die Menschen, mit denen ich normalerweise zu tun habe.»

Herr Fischer nickte und sah Paul nachdenklich an. «Beziehungen in der Arbeitswelt können kompliziert sein, Paul. Aber manchmal bringen sie uns

auch dazu, unsere Ansichten zu überdenken. Was ist es an diesem Mann, das dich so beschäftigt?»
Paul dachte einen Moment nach, bevor er antwortete. «Es ist die Art, wie ich mich fühle, wenn ich bei ihm bin. Er hat mich dazu gebracht, über meine üblichen Muster in Beziehungen nachzudenken, über die Art von Menschen, zu denen ich mich hingezogen fühle. Es ist verwirrend, aber auch aufregend.»
Herr Fischer lächelte sanft.
«Es ist gut, ab und zu unsere eigenen Muster zu hinterfragen, Paul. Das hält uns lebendig und offen für neues Wachstum. Denk nur daran, die Balance zu wahren und deine professionellen Verpflichtungen nicht zu vernachlässigen.»
Nach dem Treffen fühlte sich Paul nachdenklich, aber auch ermutigt. Herrn Fischers Worte hatten ihm geholfen, seine Gefühle in einen größeren Kontext zu setzen.

Er wusste, dass die Beziehung zu Lars komplex und möglicherweise problematisch sein könnte, doch er konnte auch nicht leugnen, dass sie ihn dazu brachte, über Aspekte seines Lebens nachzudenken, die er bisher nicht in Frage gestellt hatte.

Kapitel 4

Zufälligerweise führten die Wege von Lars und Paul am nächsten Tag in dasselbe Café in der Nähe der Baustelle. Lars war dort, um einen schnellen Kaffee zu holen, und Paul, um einer kurzen Besprechung mit einem Klienten zu entkommen. Ihr Blick traf sich, und für einen Moment stand die Zeit still.

Paul war der Erste, der sich erholte. «Lars, das ist eine Überraschung», sagte er und lächelte. «Darf ich mich zu dir setzen?»

Lars, überrascht und etwas unsicher, nickte. «Klar, kein Problem.»

Als Paul sich setzte, entstand eine kurze Stille. Beide Männer waren sich der Spannung zwischen ihnen bewusst, wussten aber nicht, wie sie sie ansprechen sollten.

«Danke nochmal für die Führung gestern», begann Lars. «Es war interessant, deine Sicht auf das Projekt zu hören.»
Paul war erfreut über Lars' Interesse. «Ich bin froh, dass es dir gefallen hat. Ich finde es wichtig, dass alle Beteiligten auf derselben Seite sind.»
Das Gespräch entwickelte sich langsam, und bald fanden sie sich in einer lebhaften Unterhaltung wieder. Sie sprachen über das Bauprojekt, aber auch über andere Themen - Musik, Filme, ihre unterschiedlichen Hintergründe. Lars fand, dass es angenehm war, sich mit Paul zu unterhalten, und war überrascht, wie viel sie gemeinsam hatten.
Paul seinerseits fühlte sich von Lars' Ehrlichkeit und Direktheit angezogen. Es war erfrischend, jemanden zu treffen, der so anders war als die Menschen in seiner üblichen Umgebung.
Als sie ihr Gespräch beendeten, stand Paul zuerst auf.

«Ich sollte zurück zur Arbeit», sagte er. «Aber es war schön, mit dir zu sprechen, Lars.»

«Ja, für mich auch», erwiderte Lars und lächelte.

Als Paul das Café verließ, spürte er ein warmes Gefühl in seiner Brust.

Lars blieb noch einen Moment sitzen und dachte über das Gespräch nach. Er war überrascht, wie leicht es ihm gefallen war, mit Paul zu reden, und wie angenehm es gewesen war.

In der Zwischenzeit ging Paul zurück zu seiner Arbeit, aber er fand es schwierig, sich zu konzentrieren. Das Treffen mit Lars hatte einen starken Eindruck hinterlassen. Paul spürte, dass Lars ihn sah, nicht den Anwalt oder den Aktivisten, sondern einfach ihn als Person.

Lars war den Rest des Tages gefangen in einem Wirrwarr aus Gefühlen und Gedanken. Er arbeitete mechanisch, aber sein Geist war bei dem Gespräch im Café, bei Pauls Lächeln und seiner

ruhigen, aber bestimmten Art zu sprechen. Lars erkannte, dass seine Anziehung zu Paul mehr als nur physisch
war; es war eine Verbindung auf einer
tieferen Ebene.

Als Paul in seinem Büro saß und auf
die untergehende Sonne blickte, ließ er
den Tag Revue passieren. Das Treffen
mit Lars hatte ihm gezeigt, dass es in
der Welt mehr gibt, als er bisher
angenommen hatte. Paul fühlte sich, als
ob er an der Schwelle zu einem neuen
Kapitel seines Lebens stand, unsicher,
wohin es ihn führen würde, aber aufgeregt über die Möglichkeiten.

Lars kam an diesem Abend nachdenklich nach Hause. Er wusste, dass er sich
den Gefühlen, die Paul in ihm auslöste,
stellen musste. Es war eine Reise, die er
nie erwartet hatte zu machen, aber jetzt,
wo sie begonnen hatte, konnte er nicht
mehr zurück.

Paul und Lars lagen beide in ihren
Betten, getrennt durch die Stadt, aber

verbunden durch ihre Gedanken. Beide wussten, dass das, was zwischen ihnen geschah, nicht ignoriert werden konnte. Es war ein Pfad, den keiner von ihnen geplant hatte zu gehen, aber jetzt, da sie sich darauf befanden, waren sie bereit, zu sehen, wohin er sie führte.

Am nächsten Morgen lehnte Herr Wagner nach einem kurzen Besuch von Paul, der ein paar Anweisungen durchgegeben hatte, sich an einen Tisch und sprach mit einem spöttischen Unterton.

«Also, Jungs, wie ihr gesehen habt, haben wir jetzt diese ‚Experten‘ von oben, die uns sagen wollen, wie wir unsere Arbeit zu machen haben.»

Lars, der neben Carlos stand, spürte eine unangenehme Anspannung in der Luft. Er warf einen Blick auf die anderen Arbeiter, die teils zustimmend nickten, teils unsicher wirkten.

«Diese Anzugträger, wie dieser Paul, sie kommen hierher, ohne jemals einen Hammer in der Hand gehalten zu haben», fuhr Herr Wagner fort. «Sie denken, sie können die Realität des Bauens durch ihre glänzenden Präsentationen ersetzen. Und schwul ist der auch noch, das hat man ja gemerkt. Die taugen doch alle nix.»

Lars fühlte sich unwohl bei diesen Worten. Seit seiner Begegnung mit Paul sah er viele Dinge anders. Paul hatte zwar keinen direkten Bezug zum Baugewerbe, aber er hatte Respekt und ein echtes Interesse an der Arbeit der Arbeiter gezeigt.

«Ich glaube, es ist wichtig, dass wir allen Perspektiven eine Chance geben», warf Lars vorsichtig ein, bemüht, seine wachsende Nähe zu Paul nicht zu offenbaren. «Paul bringt neue Ideen ein, die für das Projekt nützlich sein könnten.»

Herr Wagner drehte sich zu Lars um, sein Blick scharf. «Oh, verteidigen wir jetzt die Homos?», fragte er spöttisch. «Ich hoffe, du vergisst nicht, auf welcher Seite du stehst, Lars. Wir brauchen keine ‚neuen Ideen‘, die uns von Leuten aufgezwungen werden, die noch nie einen Tag auf einer Baustelle gearbeitet haben.»

Lars spürte, wie die Blicke der anderen Arbeiter auf ihm ruhten. Er hielt Herrn Wagners Blick stand, entschlossen, aber ruhig.

«Ich glaube, Zusammenarbeit und gegenseitiger Respekt sind der Schlüssel zum Erfolg eines Projekts. Wir alle haben dasselbe Ziel.»

Herr Wagner schnaubte verächtlich und wandte sich ab, aber Lars wusste, dass diese Auseinandersetzung die Spannungen zwischen ihnen nur verschärft hatte.

Er war sich bewusst, dass seine Verteidigung Pauls in diesem rauen Umfeld als Parteinahme angesehen werden könnte. Doch in seinem Inneren wusste er, dass es richtig war, für Respekt und Offenheit einzustehen.

Kapitel 5

Paul saß in seinem Büro, die untergehende Sonne warf lange Schatten durch das Fenster. Er hatte den ganzen Tag über seine Gefühle für Lars nachgedacht und war zu einem Entschluss gekommen. Es war ein Risiko, aber eines, das er bereit war einzugehen. Mit einem tiefen Atemzug griff Paul zum Telefon und wählte Lars' Nummer.

Als Lars dranging, zögerte Paul einen Moment, bevor er sprach.

«Lars, ich… ich habe über die letzten Tage nachgedacht. Und ich würde dich gerne außerhalb der Arbeit treffen. Nur wir beide, vielleicht zum Abendessen?»

Lars war einen Moment lang still, und Paul spürte, wie die Spannung durch das Telefon kroch.

Dann antwortete Lars: «Ja, ich denke, das wäre gut. Wann hast du gedacht?»

«Freitag Abend?», schlug Paul vor, sein Herz klopfte ihm dabei bis zum Hals.

«Freitag ist gut», bestätigte Lars, und Paul konnte fast das Lächeln in seiner Stimme hören.

Nachdem sie aufgelegt hatten, lehnte sich Paul in seinem Stuhl zurück. Er hatte das Gefühl, einen großen Schritt gemacht zu haben, aber auch ein wenig Angst vor dem, was kommen könnte.

Er wusste, dass ein Date mit Lars mehr war als nur ein einfaches Abendessen. Es war ein Schritt in unbekanntes Terrain, sowohl emotional als auch in Bezug auf seine Karriere.

In der Zwischenzeit stand Lars in seiner Wohnung und starrte auf sein Telefon. Er war überrascht von Pauls Einladung, aber auch neugierig. Ein Teil von ihm war begeistert über die Möglichkeit, Paul in einem anderen Umfeld zu sehen, aber ein anderer Teil hatte Angst vor den ungewissen Gefühlen, die in ihm brodelten.

Lars wusste, dass er mit jemandem darüber sprechen musste, und die erste, die ihm in den Sinn kam, war wieder seine Schwester Elena. Sie war seine Vertraute und hatte ihm schon oft durch schwierige Zeiten geholfen. Er beschloss, sie am nächsten Tag zu treffen, um gemeinsam mit ihr seine Gedanken und Gefühle zu ordnen.

Paul verbrachte den Rest des Abends damit, über das bevorstehende Date nachzudenken. Er überlegte, wohin er Lars einladen sollte, was sie sprechen könnten, und was dieses Date für ihre Zukunft bedeuten könnte.

Kapitel 6

Am nächsten Tag traf sich Lars mit seiner Schwester Elena in ihrem Lieblingscafé. Die Sonne schien durch die Fenster und tauchte den Raum in warmes Licht. Lars fühlte sich angespannt, als er sich zu Elena setzte. Er wusste, dass er über die Einladung von Paul und seine gemischten Gefühle sprechen musste.

Elena merkte sofort, dass etwas in der Luft lag. «Was ist los, Lars?», fragte sie, während sie einen Schluck ihres Kaffees nahm.

Lars atmete tief durch und erzählte ihr von Pauls Einladung zum Abendessen.

«Ich weiß nicht, was ich davon halten soll, Lena. Einerseits freue ich mich darauf, andererseits macht es mich nervös.»

Elena lächelte sanft.

«Das ist doch normal, Lars. Es ist etwas Neues für dich. Aber ich denke, es ist gut, dass du dich darauf einlässt. Es ist eine Chance, Paul besser kennenzulernen und vielleicht auch mehr über dich selbst zu erfahren.»

Lars nickte nachdenklich. Elena hatte recht. Er musste diese Gelegenheit nutzen, um herauszufinden, was er wirklich fühlte.

«Aber was, wenn ich etwas falsch mache? Was, wenn ich nicht weiß, wie ich damit umgehen soll?»

«Lass es einfach auf dich zukommen, Lars», riet Elena. «Sei du selbst, das ist das Wichtigste. Und denk daran, es geht nicht darum, alles perfekt zu machen. Es geht darum, ehrlich zu dir selbst zu sein.»

Lars fühlte sich nach dem Gespräch mit Elena erleichtert. Sie hatte ihm die Zuversicht gegeben, die er brauchte, um sich auf das Date einzulassen.

Der Rest des Tages verlief für Lars in einem Nebel aus Gedanken und Spekulationen über das bevorstehende Treffen mit Paul. Er war gespannt, aber auch nervös, was der Abend bringen würde.

Im gedämpften Licht des Restaurants fanden sich Lars und Paul zu einem intimen Tisch in der Ecke. Nachdem sie ihre Bestellungen aufgegeben hatten, begannen sie ein Gespräch, das zunächst von leichten Themen geprägt war.

«Sag, wie ist es, den ganzen Tag auf einer Baustelle zu arbeiten?», fragte Paul interessiert.

Lars lächelte.

«Es ist hart, aber erfüllend. Jeden Tag etwas Neues zu bauen, das Gefühl, Teil von etwas Großem zu sein. Und bei dir? Wie ist es, Anwalt zu sein?»

«Es ist herausfordernd, aber ich liebe die Komplexität des Rechts. Jeder Fall ist wie ein Puzzle», erwiderte Paul.

«Und was machst du in deiner Freizeit?», fragte Lars.

«Ich lese gerne, höre Musik, und ich engagiere mich in der LGBTQIA+-Gemeinschaft», sagte Paul. «Es ist mir wichtig, etwas zurückzugeben.»

Lars nickte anerkennend.

«Das ist beeindruckend. Ich verbringe meine Freizeit meistens mit meiner Schwester oder beim Wandern. Ich liebe die Natur.»

Das Gespräch floss natürlich, und sie fanden immer mehr Gemeinsamkeiten. Als das Essen kam, waren sie bereits in eine angeregte Diskussion über ihre Lieblingsfilme vertieft.

«Also, Blade Runner ist dein Lieblingsfilm?», lachte Lars. «Ich hätte dich eher für einen Kunstfilm-Typen gehalten.»

Paul schmunzelte.

«Ich überrasche gerne. Und du? Was ist dein Lieblingsfilm?»

«Die Verurteilten», antwortete Lars. «Er geht um Hoffnung und Durchhaltevermögen. Eigenschaften, die ich bewundere.»

Als das Abendessen zu Ende ging, zögerte Paul einen Moment, bevor er sprach. «Ich hatte einen wirklich schönen Abend, Lars. Ich würde das gerne wiederholen.»

Lars lächelte, seine Augen funkelten. «Ich auch, Paul. Ich auch.»

Kapitel 7

Lars war früh am Morgen auf der Baustelle, als der Baumeister, Herr Wagner, ihn zu einem ernsten Gespräch beiseitenahm. Die kühle Morgenluft war erfüllt von dem Lärm der Maschinen und dem geschäftigen Treiben der Arbeiter, doch in diesem Moment schien alles stillzustehen.

«Lars, ich muss mit dir reden», begann Herr Wagner, seine Miene ernst und unerbittlich. «Es sind Gerüchte zu mir gedrungen, dass du dich privat mit einem unserer Kunden triffst. Mit diesem... Anwalt.»

Lars spürte, wie sich seine Magengegend zusammenzog. «Ja, ich habe mich mit Herrn Schneider getroffen, aber...»

Herr Wagner unterbrach ihn grob. «Hör zu, ich will nicht, dass du dich mit dieser Tucke triffst. Es sieht schlecht für uns aus und könnte dem Unternehmen schaden.»

Lars war schockiert über die offene Homophobie in Herrn Wagners Worten und die Tatsache, dass er Paul so abwertend bezeichnete.

«Es ist doch meine Privatsache, mit wem ich mich treffe», erwiderte Lars, seine Stimme zitterte vor Ärger.

«Dein Privatleben ist mein Problem, wenn es die Firma betrifft», entgegnete Herr Wagner. «Ich warne dich, Lars. Wenn du weiterhin Kontakt zu ihm hast, könnte das ernsthafte Konsequenzen für deine Anstellung hier haben.»

Lars stand da, unfähig zu glauben, was er gerade hörte. Er hatte geahnt, dass seine Beziehung zu Paul Aufmerksamkeit erregen könnte, aber diese direkte und feindselige Reaktion hatte er nicht erwartet.

Als Herr Wagner ging, fühlte sich Lars benommen und verloren. Er war sich sicher, dass die Ablehnung weniger mit der Kundenbeziehung als vielmehr mit Pauls Geschlecht zu tun hatte. Der Gedanke, dass seine Gefühle für Paul nicht nur seine Beziehung, sondern auch seine Karriere gefährden könnten, war erschreckend.

Lars wusste, dass er eine Entscheidung treffen musste.

Sollte er seine Gefühle für Paul aufgeben, um seinen Job zu sichern?

Oder sollte er für das, was er fühlte, einstehen, auch wenn es bedeutete, alles zu riskieren?

Der Rest des Tages verging wie in einem Nebel. Lars konnte sich kaum auf seine Arbeit konzentrieren, seine Gedanken kreisten immer wieder um das Gespräch mit Herrn Wagner und die möglichen Folgen seiner Entscheidung.

Kapitel 8

Nach dem Gespräch mit Wagner fühlte sich Lars isoliert und verunsichert. Er entschied sich, Paul vorerst nichts von der Konfrontation zu erzählen. Stattdessen zog er sich zurück und vermied jeglichen persönlichen Kontakt mit Paul, was ihn innerlich zerriss.

Paul bemerkte schnell Lars' plötzliches distanziertes Verhalten. Anrufe und Nachrichten blieben unbeantwortet, und geplante Treffen wurden von Lars abgesagt. Paul war verwirrt und verletzt, da er keine Erklärung für diese plötzliche Veränderung hatte.

In seiner Verzweiflung suchte Lars Rat bei seinem langjährigen Kollegen Carlos. Sie trafen sich nach der Arbeit in einer abgelegenen Ecke der Baustelle, wo Lars ihm von der Drohung des Baumeisters erzählte.

«Du musst vorsichtig sein, Lars», warnte Carlos. «Hier auf der Baustelle kursieren viele Gerüchte und Vorurteile. Es wäre vielleicht das Beste, wenn du dich von Paul fernhältst, um deinen Job nicht zu gefährden.»

Lars spürte, wie ihn die Worte von Carlos wie ein Schlag in den Magen trafen. Er hatte gehofft, Unterstützung zu finden, stattdessen fühlte er sich noch isolierter. Die Vorstellung, Paul aufgeben zu müssen, war schmerzhaft, aber der Gedanke, seinen Job zu verlieren, war ebenso beängstigend.

«Es ist nicht so einfach», gestand Lars. «Ich habe Gefühle für Paul. Ich kann das nicht einfach abstellen.»

Carlos legte ihm eine Hand auf die Schulter.

«Ich verstehe, aber manchmal muss man im Leben harte Entscheidungen treffen. Denk an deine Zukunft, Lars.»

Lars verließ das Gespräch mit Carlos noch verwirrter als zuvor. Er fühlte sich hin- und hergerissen zwischen seinem Herz und der harten Realität seines Berufslebens. Die Angst, seinen Job zu verlieren, war real, aber die Vorstellung, Paul aus seinem Leben zu streichen, schien ihm unerträglich.

Paul fühlte sich zunehmend ausgeschlossen und besorgt. Er wusste, dass etwas nicht stimmte, aber ohne Erklärung von Lars blieb er im Dunkeln.

Er entschied sich, Lars an der Baustelle aufzusuchen. Als er ankam, war Lars jedoch nirgends zu sehen. Stattdessen traf er auf den Baumeister, Herrn Wagner.

«Kann ich Ihnen helfen?», fragte Herr Wagner mit einer kühlen Höflichkeit, als er Paul sah. Seine Miene verriet jedoch eine unterschwellige Abneigung.

«Ich bin auf der Suche nach Lars», erklärte Paul. «Wir haben… etwas zu besprechen.»

Herr Wagner zögerte einen Moment, dann antwortete er: «Lars ist heute früher gegangen. Glaube, er hat eine Verabredung mit einer Frau.» Er betonte das Wort Frau besonders. «Wenn es um das Projekt geht, können Sie sicher mit mir sprechen.»

Paul spürte die angespannte Atmosphäre. «Nein, es ist eine private Angelegenheit. Aber danke für das Angebot.»

Herr Wagner nickte knapp, vermied dabei jedoch jeden direkten Blickkontakt.

Traurig verließ Paul die Baustelle. Eine Verabredung mit einer Frau? Eine Freundin? Oder vielleicht auch jemand aus Lars' Familie. Vielleicht war es ja etwas Harmloses?

Nachdenklich ging er in sein Büro zurück. Die Begegnung mit Wagner und dessen abweisende Haltung hatten ihn tief getroffen.

Kapitel 9

Paul saß an seinem Schreibtisch, verloren in seinen Gedanken über Lars. Er konnte nicht glauben, dass Lars plötzlich das Interesse an ihm verloren haben sollte, besonders nach den intensiven Momenten, die sie miteinander geteilt hatten.

Er rief bei Sophie an.

«Was soll ich machen, Sophie? Das ist alles so merkwürdig.»

«Ach Paul, ich hab befürchtet, dass das Ganze schwierig werden könnte. Ein Bauarbeiter. Noch dazu hetero. Könnte sein, dass er sich auch einfach nur mit einer Frau trifft, um zu testen, was er bei ihr empfindet.»

Sie seufzte.

«Vielleicht solltest du einfach zu ihm gehen und mit ihm reden. Das ist doch immer schon das Beste. Wer weiß, was los ist. Es klärt sich bestimmt auf.»

Währenddessen war Lars zu Hause und kämpfte mit seinen Gedanken und Emotionen. Die Warnung des Baumeisters und Carlos' Rat hatten ihn in eine tiefe innere Krise gestürzt. Er fühlte sich zerrissen zwischen seinen Gefühlen für Paul und der Angst, seinen Job zu verlieren.

Lars grübelte darüber nach, wie er mit der Situation umgehen sollte. Er wusste, dass er Paul gegenüber ehrlich sein musste, aber gleichzeitig fürchtete er die Konsequenzen, die ein offenes Bekenntnis zu seinen Gefühlen haben könnte. Die Vorstellung, Paul zu verlieren, schmerzte ihn, aber die Angst vor beruflicher Unsicherheit lähmte ihn.

In dieser Nacht fanden weder Lars noch Paul Schlaf. Jeder war gefangen in seinem eigenen Wirrwarr aus Gefühlen und Ängsten. Die Beziehung, die einmal voller Hoffnung und Möglich-

keiten gewesen war, stand nun vor
einer schweren Prüfung.

Paul fasste schließlich einen Entschluss.
Er würde auf Sophie hören und am
nächsten Tag zu Lars gehen und eine
klare Antwort suchen. Er konnte diese
Ungewissheit nicht länger ertragen und
war bereit, für ihre Beziehung zu kämpfen.

Lars seinerseits lag wach und überlegte,
wie er Paul gegenübertreten sollte. Er
wusste, dass er eine Entscheidung treffen musste, eine, die sein Leben für
immer verändern könnte.

Kapitel 10

Paul stand vor Lars' Tür, sein Herz klopfte heftig in seiner Brust. Er hatte sich den ganzen Weg über seine Worte zurechtgelegt, aber jetzt, da er hier stand, schienen sie ihm zu entgleiten. Er atmete tief durch und klopfte an die Tür.

Lars öffnete, und für einen kurzen Moment standen sie sich schweigend gegenüber. Paul sah die Anspannung in Lars' Augen und spürte, dass etwas nicht stimmte.

«Können wir reden?» Paul trat ein, als Lars ihn hereinbat.

Sie setzten sich ins Wohnzimmer, eine spürbare Spannung zwischen ihnen.

Paul brach das Schweigen: «Was ist los? Du hast dich zurückgezogen, und ich verstehe nicht warum.»

Lars sah Paul an, seine Augen voller innerer Konflikte. «Es ist nicht leicht zu erklären. Es gibt Probleme auf der Baustelle… wegen unserer Beziehung.»

Paul spürte, wie ein Knoten in seinem Magen sich zusammenzog. «Was für Probleme?»

Lars atmete tief durch.

«Wagner hat mich konfrontiert. Er hat angedeutet, dass meine Beziehung zu dir ein Problem für das Unternehmen darstellt. Er drohte sogar mit meiner Entlassung.»

Paul war schockiert.

«Das ist Diskriminierung, Lars. Das können wir nicht einfach so stehen lassen.»

Lars schüttelte den Kopf.

«Ich weiß, aber ich kann es mir nicht leisten, meinen Job zu verlieren. Und ich möchte auch nicht, dass du in diesen Konflikt hineingezogen wirst.»

Paul legte seine Hand auf Lars' Arm.

«Ich bin schon mittendrin, Lars. Wir sind das zusammen. Wir finden einen Weg. Ich war gestern dort, um mit dir

zu sprechen, da meinte er, du hättest
eine Verabredung mit einer Frau.»

«Einer Frau? Dieser Arsch. Ja, ich gebe
zu, ich bin hin und hergerissen, aber
das würde ich nicht tun.»

«Das habe ich mir schon gedacht.
Darum bin ich hier. Um mit dir zu
reden.»

Lars begann, sich zu öffnen und Paul
von seinen Erfahrungen auf der Baustelle zu erzählen. Er sprach von den
alltäglichen Gesprächen unter den
Arbeitern, von der rauen Art des
Umgangs miteinander und davon, wie
oft Witze über Homosexualität gemacht
wurden.

«Ich habe mich immer unwohl gefühlt,
wenn solche Gespräche geführt
wurden», gestand Lars. «Aber ich habe
nie etwas gesagt. Ich wollte nicht auf-
fallen oder anders sein.»

Paul hörte aufmerksam zu, sein Herz
wurde schwer bei Lars' Worten.

«Das muss sehr hart für dich gewesen sein, in solch einer Umgebung zu arbeiten.»

Lars nickte langsam.

«Es war, als ob ich ständig eine Maske tragen müsste. Ich hatte einige Beziehungen zu Frauen, aber es war nie wirklich das, was ich wollte. Es war mehr so, wie es von mir erwartet wurde.»

Paul legte seine Hand auf die von Lars.

«Und dann kam ich?»

Lars sah Paul direkt an.

«Ja. Mit dir war es anders. Zum ersten Mal fühlte ich etwas Echtes, etwas Tiefes. Aber ich hatte Angst, Angst vor den Konsequenzen, Angst, meinen Job zu verlieren.»

Paul verstand jetzt besser, wie komplex Lars' Situation war. Es ging nicht nur um die Beziehung zu ihm, sondern auch um Lars' Auseinandersetzung mit seiner eigenen Identität und den Erwartungen seiner Arbeitsumgebung.

Nach einer Weile des Schweigens, in der beide ihre Gedanken ordneten, brach Paul die Stille.

«Lars, als Anwalt muss ich sagen, dass wir gegen die Diskriminierung durch Wagner vorgehen könnten. Das, was er tut, ist nicht nur unfair, es ist auch illegal.»

Lars hörte aufmerksam zu, aber in seinen Augen lag eine Spur von Zögern.

«Ich weiß, Paul, und ich schätze dein Angebot wirklich. Aber ich möchte keinen Ärger. Ich will nicht, dass sich alles in die Länge zieht und noch mehr Aufmerksamkeit auf mich zieht.»

«Aber Lars, du kannst dich nicht einfach diskriminieren lassen. Du hast Rechte, und wir könnten dafür sorgen, dass sie respektiert werden.»

Lars seufzte und blickte aus dem Fenster.

«Ich verstehe, was du sagst. Aber nicht alle meine Kollegen sind schlecht.

Einige sind wirklich gute Leute, und ich will nicht, dass sie wegen mir in Schwierigkeiten geraten. Ich möchte einfach nur… weitermachen.»
Paul erkannte die Komplexität von Lars' Gefühlen und die Schwierigkeit, sich in seiner Situation zu behaupten. Er beschloss, das Thema vorerst ruhen zu lassen, da er Lars nicht weiter unter Druck setzen wollte.
Nach einer kurzen Pause fing Lars wieder an zu sprechen.
«Weißt du, Paul, ich habe schon eine Weile darüber nachgedacht, mich selbständig zu machen. Es war immer nur ein Traum. Ich hatte auch Angst vor den Risiken, die damit verbunden sind, aber jetzt… jetzt denke ich, dass es vielleicht der richtige Weg für mich ist.»
Pauls Augen hellten sich auf.
«Das ist eine großartige Idee, Lars. Du hast das Talent und das Know-how. Ich kann mir gut vorstellen, dass du sehr erfolgreich sein wirst.»

Lars lächelte leicht.

«Ich habe lange gebraucht, um das zu realisieren. Aber ich denke, es ist Zeit, mein eigenes Ding zu machen. Ich will nicht mehr in einer Umgebung sein, in der ich mich verstecken muss.»

Paul sah Lars an, eine Mischung aus Bewunderung und Zuneigung in seinem Blick.

«Ich bin bei dir, Lars. Wir schaffen das zusammen.»

Die Nacht war weit fortgeschritten, als Lars und Paul noch immer im Wohnzimmer saßen, umgeben von der Wärme ihres Gesprächs und der Pläne für die Zukunft. Sie hatten Stunden damit verbracht, Möglichkeiten zu diskutieren und Visionen zu entwerfen, wie Lars' Traum von einer eigenen Baufirma Wirklichkeit werden könnte.

«Du weißt, dass das nicht einfach wird, oder?», sagte Paul nachdenklich. «Eine eigene Firma zu gründen, bedeutet viel Arbeit und Unsicherheit.»

Lars nickte.

«Ich weiß. Aber es fühlt sich richtig an. Immerhin habe ich dafür Rücklagen gebildet. Und mit deiner Unterstützung… ich glaube, ich kann das schaffen.»

Paul lächelte.

«Du wirst nicht nur meine Unterstützung haben, sondern auch meine Bewunderung. Du machst einen großen Schritt, und ich bin stolz, an deiner Seite zu sein.»

In diesem Moment fühlten sie beide eine tiefe Verbindung und ein starkes Gefühl der Partnerschaft. Es war, als ob sie gemeinsam einen neuen Anfang machten, nicht nur in ihrer Beziehung, sondern auch in ihren beruflichen Leben.

Die Nähe, die sie in dieser Nacht teilten, war erfüllt von einer Leidenschaft, die tief aus ihren Herzen kam. Es war eine Leidenschaft, die nicht nur aus körperlichem Verlangen geboren wurde, sondern auch aus einer tiefen seelischen Verbindung. Jede Berührung war ein Wort in dem leisen Gedicht, das sie gemeinsam schrieben, eine Ode an die Liebe, die sie fanden und die sie gegen alle Widrigkeiten verteidigen würden.

Als sie später, eng umschlungen, in den Schlaf glitten, waren sie umhüllt von einem Gefühl der Vollständigkeit. In dieser Nacht hatten sie nicht nur ihre Körper, sondern auch ihre Seelen vereint, und sie erwachten mit der Gewissheit, dass sie zusammen alles überwinden könnten.

Kapitel 11

In der stillen Atmosphäre des frühen Morgens, nachdem die Sonne gerade begonnen hatte, das Zimmer mit sanftem Licht zu füllen, saßen Lars und Paul zusammen am Küchentisch. Ihre Tassen dampften vor ihnen, während sie Pläne für die Zukunft machten.

«Was ist mit deinem aktuellen Job?», fragte Paul vorsichtig.

Lars nahm einen Schluck Kaffee.

«Ich werde vorerst weitermachen. Es ist das Beste, wenn ich meine Beziehung zu dir erstmal für mich behalte. Ich möchte keinen Ärger mit Wagner.»

Paul nickte, obwohl er Bedenken hatte.

«Ich verstehe. Es ist wichtig, dass wir klug vorgehen. Aber ich bin hier, um dich zu unterstützen, in jeder Hinsicht.»

Als Lars später auf der Baustelle ankam, war er erfüllt von einem neuen Sinn für Zweck und Entschlossenheit.

Er war entschlossen, seine Arbeit gut zu machen, aber gleichzeitig freute er sich auf den Tag, an dem er seine eigenen Wege gehen konnte.

Die Tage auf der Baustelle vergingen für Lars in einem gleichförmigen Rhythmus aus Arbeit und Überlegungen zu seiner Zukunft. Er fand Trost in der Routine, aber sein Herz und seine Gedanken waren immer bei Paul und dem Traum von ihrer gemeinsamen Zukunft.

Eines Nachmittags, nach der Arbeit, traf sich Lars mit Elena in einem kleinen Café. Sie saßen an einem abgelegenen Tisch, umgeben von dem sanften Gemurmel anderer Gäste. Lars erzählte Elena von seinen Plänen zur Selbstständigkeit und von seiner Beziehung zu Paul.

Elena hörte aufmerksam zu und lächelte.

«Ich habe mir schon immer gedacht, dass du vielleicht Männer magst. Ich wollte dich aber nie zu etwas drängen. Ich bin so glücklich, dass du Paul gefunden hast.»

Lars blickte sie dankbar an.

«Es fühlt sich richtig an, Elena. Mit Paul an meiner Seite habe ich das Gefühl, dass ich alles schaffen kann.»

Elena nahm seine Hand.

«Und du wirst es schaffen, Lars. Ich weiß, dass du großartige Dinge erreichen wirst.»

Während sie sprachen, fühlte sich Lars gestärkt durch die Unterstützung seiner Schwester. Es war ein beruhigendes Gefühl, jemanden in seiner Familie zu haben, der ihn bedingungslos unterstützte.

Kapitel 12

Am nächsten Tag auf der Baustelle näherte sich Carlos Lars während der Mittagspause.

«Lars, kann ich kurz mit dir reden?», fragte er ernst.

Lars nickte und folgte Carlos zu einer ruhigen Ecke des Geländes. Carlos sah Lars direkt an.

«Ich habe über unser letztes Gespräch nachgedacht. Ich war nicht fair zu dir. Es tut mir leid.»

Lars war überrascht, aber auch erleichtert über Carlos' Worte.

«Danke, Carlos. Das bedeutet mir viel.» Carlos lächelte schüchtern.

«Ich möchte Paul kennenlernen. Er muss etwas Besonderes sein, wenn er dich so glücklich macht.»

Lars lächelte breit.

«Das ist er definitiv. Ich werde es einrichten.»

Nachdem Carlos Lars seine Unterstützung angeboten hatte, blieb er noch einen Moment nachdenklich stehen.

«Lars, es gibt etwas, das ich dir erzählen möchte», begann er langsam. «Früher hatte ich Schwierigkeiten, Menschen wie… nun, wie Paul zu akzeptieren. Ich wuchs in einer Umgebung auf, in der solche Dinge nicht besprochen wurden. Aber im Laufe der Jahre, vor allem durch die Arbeit hier, habe ich gelernt, dass Vorurteile nur Mauern sind, die uns trennen.»

Carlos blickte in die Ferne, sichtlich in seinen Erinnerungen verloren.

«Mein Bruder outete sich als schwul, als wir noch sehr jung waren. Unsere Familie hat ihn dafür verstoßen. Es hat Jahre gedauert, bis ich verstand, wie falsch das war. Er ist immer noch mein Bruder, und ich liebe ihn.»

Lars sah Carlos an, überrascht von dieser Offenbarung. Carlos fuhr fort: «Deshalb, Lars, möchte ich dir helfen.

Ich habe gesehen, was Intoleranz anrichten kann, und ich will nicht, dass jemand anderes das durchmachen muss.»

Einige Tage später traf sich Lars mit Paul nach der Arbeit. Sie saßen in Pauls Wohnung, umgeben von der Gemütlichkeit des gemeinsamen Raums. Lars erzählte Paul von seinem Gespräch mit Elena und der unerwarteten Unterstützung durch Carlos.

«Es fühlt sich gut an, zu wissen, dass nicht alle gegen uns sind», sagte Lars, während er eine Tasse Tee in den Händen hielt.

Das Gespräch wandte sich dann Lars' Plänen für seine Selbstständigkeit zu.

«Ich habe sogar schon einige potenzielle Projekte im Auge», sagte Lars. «Es gibt so viel zu tun, aber ich bin bereit für die Herausforderung.»

Paul legte seine Hand auf Lars' Arm.

«Ich habe keinen Zweifel daran, dass du erfolgreich sein wirst. Und ich

werde dich bei jedem Schritt unterstützen.»

Am Ende des Abends beschlossen sie,
dass es an der Zeit war, Carlos einzu-
laden, um Paul kennenzulernen. Lars
war gespannt, wie die beiden miteinander auskommen würden, aber er hatte
ein gutes Gefühl dabei.

Kapitel 13

Einige Tage später kehrte die Routine auf der Baustelle zurück. Lars arbeitete wie gewohnt, aber mit einem neuen Gefühl der Entschlossenheit im Herzen. Er war bereit, sich den Herausforderungen zu stellen, die vor ihm lagen, und seine Zukunft aktiv zu gestalten.

Während der Mittagspause auf der Baustelle sammelten sich die Arbeiter zu ihrer üblichen Runde. Das Gespräch drehte sich locker um Fußball, das Wetter und die Arbeit, bis einer der Arbeiter, Frank, einen Witz über Homosexuelle machte. Einige lachten, andere rollten nur mit den Augen.

Der Baumeister, Herr Wagner, der sich in der Nähe befand, hörte den Witz und lachte laut auf.

«Ihr habt ja so recht. Diese Homos sind überall. Man muss echt aufpassen, dass

man nicht von einem angesteckt wird!»,
sagte er mit einem spöttischen Grinsen.

Lars, der bisher still dabeigestanden
hatte, spürte, wie sich Wut in ihm auf-
baute.

«Das ist nicht lustig», sagte er plötzlich,
seine Stimme fest und klar.

Die Gruppe verstummte, und alle
Blicke richteten sich auf Lars. Herr
Wagner sah ihn überrascht an.

«Was hast du gesagt, Lars?»

«Ich sagte, das ist nicht lustig. Solche
Witze sind respektlos und verletzend»,
erwiderte Lars.

Seine Kollegen sahen ihn überrascht an,
in einigen Gesichtern war die Anerkennung zu sehen.

Herr Wagner lachte höhnisch.

«Ach komm schon, Lars. Das war doch
nur ein Spaß. Seit wann bist du denn so
empfindlich?»

Lars trat einen Schritt vor.

«Es ist kein Spaß, wenn es auf Kosten
anderer geht. Homophobie hat keinen

Platz auf dieser Baustelle oder irgendwo sonst.»

Einige der Arbeiter murmelten zustimmend, andere sahen unbehaglich zur Seite.

Herr Wagner fixierte Lars mit einem harten Blick.

«Du solltest besser aufpassen, was du sagst, Lars. Solche Reden können dir Ärger einbringen.»

Lars hielt Herrn Wagners Blick stand.

«Ich kündige. Ich will nicht in einer Umgebung arbeiten, die Hass und Intoleranz fördert.»

Wagner starrte Lars an, offensichtlich überrumpelt von dessen Entschlossenheit. Lars drehte sich um und ging, ohne zurückzublicken, durchdrungen von einem Gefühl der Befreiung und des Stolzes.

Als er die Baustelle verließ, wusste Lars, dass er den richtigen Schritt getan hatte. Es war Zeit für einen Neuanfang, Zeit, sein eigenes Leben zu leben und

seinen eigenen Traum zu verwirklichen.

Er rief Paul an, um ihm die Neuigkeiten zu überbringen. «Ich bin so stolz auf dich, Lars», sagte dieser. «Wir schaffen das zusammen.»

In diesem Moment fühlte sich Lars stärker und hoffnungsvoller als je zuvor. Er war bereit, sich den Herausforderungen zu stellen, die vor ihm lagen, mit Paul an seiner Seite.

Kapitel 14

In den Tagen nach seiner Kündigung fühlte sich Lars von einer Mischung aus Aufregung und Nervosität erfüllt. Es war ein mutiger Schritt, den er unternommen hatte, und nun stand er vor der Herausforderung, seinen Traum in die Realität umzusetzen.

In den folgenden Wochen suchten Lars und Paul nach einem passenden Standort für das Büro der neuen Firma.

Nach mehreren Besichtigungen fanden sie schließlich einen kleinen Raum in einem aufstrebenden Stadtteil, der perfekt für ihre Bedürfnisse war.

Während dieser Zeit begann Lars auch, sein Netzwerk zu erweitern und potenzielle Geschäftspartner und Kunden zu kontaktieren. Er war überrascht und ermutigt von der positiven Resonanz, die er erhielt. Es schien, als ob sein Ruf als kompetenter und zuverlässiger Arbeiter ihm vorausgeeilt war.

Als sie eines Abends in dem noch leeren Büro standen, sah Lars sich um und sagte zu Paul: «Das ist der Beginn von etwas Großem, Paul. Ich kann es fühlen.»

Paul legte seinen Arm um Lars' Schultern.

«Ja, das ist es. Und ich könnte nicht stolzer auf dich sein.»

Die Tage vergingen, und Lars und Paul vertieften sich weiter in die Vorbereitungen für die Eröffnung der neuen Firma. Sie arbeiteten an der Entwicklung eines soliden Geschäftsplans, trafen sich mit potenziellen Investoren und bauten eine Website auf. Jeder Tag brachte neue Herausforderungen, aber auch neue Erfolge.

Lars spürte, wie er in seiner Rolle als zukünftiger Geschäftsführer wuchs. Die Treffen mit Investoren und potenziellen Kunden waren anfangs einschüchternd, aber er fand bald Vertrauen in seine Fähigkeiten und sein Projekt. Paul war stets an seiner Seite, gab Ratschläge und bot Unterstützung, wo immer sie nötig war.

Eines Nachmittags saßen sie in einem Café und überarbeiteten die Marketingstrategie für die Firma.

«Wir müssen sicherstellen, dass wir uns von der Konkurrenz abheben», sagte Lars, während er einige Notizen machte. «Qualität und Zuverlässigkeit werden unsere Hauptmerkmale sein.»

Paul nickte zustimmend.

«Genau. Und deine persönliche Erfahrung und Integrität werden starke Argumente sein, um Kunden zu gewinnen.»

Während dieser intensiven Vorbereitungszeit organisierte Paul ein Treffen mit Carlos. Er wollte, dass Carlos Lars in seiner neuen Rolle sieht und die Dynamik ihrer Beziehung versteht.

Das Treffen fand in einem lokalen Restaurant statt und verlief vielversprechend.

Carlos war beeindruckt von Lars' Plänen und seiner Entschlossenheit.

«Ich muss sagen, Lars, ich bin wirklich beeindruckt. Du hast echten Mut gezeigt. Und Paul, es ist toll, zu sehen, wie du Lars unterstützt.»

Lars lächelte dankbar.

«Danke, Carlos. Deine Worte bedeuten mir viel.»

In den folgenden Tagen arbeiteten Lars und Paul unermüdlich daran, alles für die Eröffnung der Firma vorzubereiten.

Am Abend vor der Eröffnung saßen Lars und Paul zusammen im fast fertigen Büro. Sie sahen sich um, stolz auf das, was sie erreicht hatten.

«Wir haben es geschafft, Paul», sagte Lars leise.

Paul legte seinen Arm um Lars.

«Ja, das haben wir. Und das ist erst der Anfang. Es gibt noch so viel mehr, was wir erreichen können.»

In dieser Nacht, umgeben von den Träumen und Hoffnungen, die in diesen Räumen Wirklichkeit werden sollten, fühlten sich Lars und Paul mehr verbunden denn je. Sie waren bereit, gemeinsam in eine Zukunft voller Möglichkeiten und Erfolge zu starten.

Kapitel 15

Der Tag der Eröffnungsfeier für Lars' neue Firma war endlich gekommen. Das Büro war mit Gästen gefüllt – Freunde, Familie, potenzielle Geschäftspartner und Unterstützer. Überall herrschte eine Atmosphäre der Freude und des Stolzes. Lars und Paul bewegten sich unter den Gästen, begrüßten jeden Einzelnen und teilten ihre Vision für die Zukunft.
Während der Feier klingelte Lars' Telefon. Er sah auf das Display und erkannte die Nummer seines ehemaligen Chefs. Verwundert entschuldigte er sich und ging zur Seite, um das Gespräch anzunehmen.
«Lars, ich habe von deinem Weggang erfahren und wollte mit dir sprechen», begann sein ehemaliger Chef. «Nachdem du gegangen bist, habe ich mich umgehört und bin schockiert über das,

was ich über Herrn Wagner erfahren habe. Sein Verhalten war völlig inakzeptabel. Ich habe ihn entlassen.»

Lars war überrascht.

«Das wusste ich nicht. Aber ich danke Ihnen, dass Sie sich der Sache angenommen haben.»

Als Lars das Gespräch beendete und zurück zu den Gästen ging, spürte er eine Mischung aus Genugtuung und Erleichterung.

Elena und Carlos begegneten sich zufällig am Buffet. Als sie sich nach einem Getränk streckte, bemerkte Carlos: «Du musst Elena sein, Lars hat viel von dir erzählt. Er hat nur vergessen, zu erwähnen, wie hübsch du bist.»

Elena drehte sich zu ihm um und erwiderte mit einem schelmischen Lächeln: «Und du musst Carlos sein. Lars meint, du bist ein wirklich guter Freund. Er hat auch mir verheimlicht, wie gut du aussiehst.»

Beide lachten.

Während sie sich unterhielten, funkelten ihre Augen vor Amüsement und Interesse. Ihre Gespräche drehten sich um ihre Arbeit, aber es war eine unausgesprochene Chemie zwischen ihnen, die mehr als nur berufliches Interesse verriet.

Carlos bot Elena an, ihr einen Drink zu holen.

«Ich denke, wir haben beide einen Toast verdient», sagte er.

Elena nickte, ihr Lächeln wurde breiter. «Das denke ich auch.»

Die Gäste wichen zurück, als plötzlich Wagner durch die Menge drängte und direkt auf Lars zusteuerte.

«Du hast mich meinen Job gekostet!», brüllte er, die Worte von Alkohol getränkt.

Lars, der zuerst überrascht und dann alarmiert war, trat einen Schritt zurück.

«Beruhigen Sie sich, das muss nicht eskalieren», sagte er, in dem Versuch, die Situation in den Griff zu bekommen.

Doch Wagner war außer sich vor Wut.

Auf einmal zog er ein Messer und schwang es in einer bedrohlichen Geste. Die Gäste schrien auf, und einige versuchten, sich einzumischen.

Bevor jemand reagieren konnte, machte Wagner einen Schritt vorwärts und das Messer traf Lars. Ein Schmerzensschrei entwich diesem, als er zu Boden fiel, seine Hand auf die verletzte Seite gepresst.

Carlos ließ die Gläser fallen, mit denen er gerade auf dem Weg zu Elena war und rannte auf Lars und Wagner zu. Er überwältigte den Baumeister und hielt ihn fest, bis die Polizei eintraf.

Paul reagierte ebenfalls sofort.

«Ruft die Polizei und einen Krankenwagen!», rief er, während er sich zu Lars hinunterbeugte, um zu überprüfen, wie schwer er verletzt war.

Die Beamten führten den wütenden Mann ab, während die Sanitäter sich um Lars kümmerten.

Die Feier war jäh zu einem Ende gekommen. Paul stand neben Lars, während die Sanitäter ihn auf eine Trage legten.

«Es wird alles gut, Lars», flüsterte er, obwohl er sich nicht sicher war, ob er sich selbst oder Lars beruhigen wollte.

Sophie nahm Elena in den Arm, die aufgelöst daneben stand.

Paul stieg mit Lars in den Krankenwagen und sie fuhren direkt los.

Kapitel 16

Im sanften Licht des Krankenhauszimmers lag Lars, von Schläuchen und Monitoren umgeben, aber bei Bewusstsein und stabil. Paul saß an seiner Seite, hielt seine Hand und betrachtete nachdenklich das friedliche Gesicht von Lars, der langsam seine Augen öffnete.

«Hey», flüsterte Lars mit einem schwachen Lächeln.

«Hey», antwortete Paul leise, seine Erleichterung deutlich spürbar. «Wie fühlst du dich?»

«Ein bisschen wie überfahren, aber es wird schon», antwortete Lars und versuchte zu lachen, was jedoch in einem Stöhnen endete.

Die Tage im Krankenhaus waren eine Zeit der Reflexion für beide. Paul, obwohl immer noch als Anwalt tätig, hatte sich mit Elena in dieser schwierigen Zeit um die Angelegenheiten von Lars' Unternehmen gekümmert.

Sie hatte Termine verschoben, mit potenziellen Kunden gesprochen und alles darangesetzt, dass Lars' Traum trotz des Rückschlags weiterleben konnte.

«Die Polizei hat gesagt, dass Wagner angeklagt wird», sagte Paul, während er Lars' Hand drückte.

Lars nickte müde.

«Das ist gut zu hören. Aber ich kann es kaum erwarten, wieder rauszukommen und weiterzumachen.»

Elena, die regelmäßig zu Besuch kam, brachte ihnen Neuigkeiten und Ermutigung.

«Du wirst bald wieder auf den Beinen sein, Lars. Und dein Unternehmen wartet auf dich», sagte sie mit einem aufmunternden Lächeln. «Weißt du, ich habe nie gedacht, dass ich mich in der Baubranche wiederfinden würde, aber hier bin ich. Es ist erstaunlich, wie sich das Leben entwickelt.»

Lars lächelte und nahm ihre Hand.

«Du machst das großartig, Elena. Du bist eine natürliche Führungsperson. Ich hätte mir niemand Besseren für das Büromanagement vorstellen können.»

Elena seufzte leise.

«Ich hätte mir früher nie zugetraut, so etwas zu tun. Aber durch deine Unterstützung habe ich erkannt, dass ich mehr kann, als ich mir selbst zutraute. Und ich lerne jeden Tag dazu. Es ist eine neue Herausforderung, aber ich genieße sie.»

Lars nickte zustimmend.

«Ich bin froh, dass wir diesen Weg gemeinsam gehen. Du bist nicht nur meine Schwester, sondern auch eine unverzichtbare Stütze für das Unternehmen.»

Kurz nach Elena kam Carlos.

Lars schmunzelte.

Er hatte genau gemerkt, dass Elena dieselbe Kleidung anhatte wie am Tag zuvor und roch Elenas Parfüm an Carlos' Kleidung. Bestimmt wollten sie alles erst einmal für sich behalten.

«Ich habe mich um ein paar deiner Projekte gekümmert», sagte Carlos mit leuchtenden Augen. «Elena hatte mich darum gebeten. Es ist wirklich interessant, woran du arbeitest. Du brauchst nicht zufällig noch einen Partner?»

«Ich werde darüber nachdenken», sagte Lars lächelnd.

Als der Tag der Entlassung kam, war die Stimmung eine Mischung aus Freude und Anspannung. Lars, unterstützt von Paul, verließ das Krankenhaus.

«Wir haben so viel durchgemacht», sagte Lars, als sie im Auto saßen. «Aber ich bin bereit, das alles hinter mir zu lassen und nach vorne zu schauen.»

Paul nickte zustimmend.

«Gemeinsam können wir alles schaffen. Dein Unternehmen wird ein Erfolg werden. Ich bin bei jedem Schritt an deiner Seite.»

Das Gerichtsverfahren gegen Wagner war bereits im Gange. Diese Nachricht brachte eine gewisse Genugtuung, aber auch eine Erinnerung an die harten Realitäten, mit denen sie konfrontiert waren.

Lars war erleichtert, dass Gerechtigkeit geschehen würde, aber er war auch darauf konzentriert, nach vorne zu schauen.

«Ich will nicht, dass dieser Vorfall unser Leben definiert», sagte er zu Paul. «Wir haben so viel Positives vor uns.»

Paul stimmte zu, fest entschlossen, Lars in jeder Hinsicht zu unterstützen.

«Wir werden das hinter uns lassen und uns auf die Zukunft konzentrieren, die wir gemeinsam aufbauen.»

In den folgenden Wochen konzentrierte sich Lars mit vollem Einsatz auf sein Unternehmen.

Trotz der körperlichen und emotionalen Narben, die der Angriff hinterlassen hatte, war seine Entschlossenheit, erfolgreich zu sein, ungebrochen. Unterstützt von Paul, der neben seiner eigenen Anwaltskanzlei immer Zeit fand, Lars zu helfen, nahm das Unternehmen langsam aber sicher Gestalt an. Der Tag, an dem Lars sein erstes großes Projekt annahm, war ein Meilenstein. Er und Paul saßen im Büro, umringt von Plänen und Unterlagen, als der Anruf kam. Es war ein Auftrag, der nicht nur finanziell lukrativ war, sondern auch die Möglichkeit bot, das Unternehmen auf dem Markt zu etablieren.

«Das ist es», sagte Lars mit einem breiten Lächeln, nachdem er den Anruf beendet hatte. «Unser erstes großes Projekt. Wir haben es geschafft, Paul.»

Paul stand auf, ging zu Lars und umarmte ihn. «Ich bin so stolz auf dich, Lars. Du hast das alles aus eigener Kraft geschafft.»

Epilog

Monate waren vergangen, seit Lars seine Firma gegründet hatte. In dieser Zeit hatte sich viel verändert. Das Unternehmen hatte sich erfolgreich etabliert, und Lars hatte sich als angesehener Unternehmer in der Baubranche einen Namen gemacht. Seine Vision, ein Unternehmen aufzubauen, das auf Qualität, Integrität und Respekt basiert, war Wirklichkeit geworden.

Carlos, der bereits im Krankenhaus Unterstützung angeboten hatte, war inzwischen zu einem wertvollen Geschäftspartner geworden. Seine Erfahrung und sein Engagement hatten wesentlich zum Wachstum der Firma beigetragen.

Zwischen ihm und Elena, die das Büro managte, hatte sich eine spürbare Chemie entwickelt. Ihre gegenseitigen Flirts und das Lächeln, das sie austauschten, ließen keinen Zweifel daran, dass mehr zwischen ihnen war als nur berufliche Zusammenarbeit.

Lars' Beziehung zu seinem ehemaligen Chef hatte sich ebenfalls verändert. Aus anfänglicher Distanz war eine produktive Partnerschaft geworden. Sie arbeiteten bei einigen Aufträgen zusammen, und Lars schätzte die Unterstützung und das Vertrauen, das sein ehemaliger Chef ihm entgegenbrachte.

Das Büro von Lars' Firma war ein Ort geworden, an dem sich Innovation und menschliche Wärme vereinten. Es war ein Ort, an dem Mitarbeiter gerne arbeiteten und Kunden sich geschätzt fühlten.

Eines Abends, nach einem erfolgreichen Projektabschluss, organisierte Paul ein kleines Fest im Büro. Freunde, Familie und Kollegen waren eingeladen, um den Erfolg gemeinsam zu feiern.

Paul ließ sich plötzlich vor allen Leuten auf ein Knie nieder.

«Lars, ich habe etwas Wichtiges zu sagen», begann Paul, während er Lars tief in die Augen blickte. «Diese Reise mit dir war das Beste, was mir je passiert ist. Ich möchte den Rest meines Lebens mit dir verbringen.»

Lars sah ihn überrascht an, ein Gefühl des Glücks durchströmte ihn.

Paul zog einen kleinen Ring aus seiner Tasche.

«Lars, willst du mich heiraten?»

Die Zeit schien stillzustehen, als Lars in Pauls Augen blickte. Ein breites Lächeln breitete sich auf seinem Gesicht aus.

«Ja, Paul, das will ich.»

Michael und John
Das Menü der Liebe

Kapitel 1

In der pulsierenden Herzmitte Berlins, umgeben von einer eklektischen Mischung aus historischer Architektur und modernem Design, stand ein kleines Juwel der kulinarischen Welt, das bald seine Türen schließen würde. Hier, inmitten der summenden Küchenzeile, stand Michael, ein aufstrebender Gourmet-Koch, dessen geschickte Hände mit beinahe tänzerischer Eleganz über Zutaten und Utensilien glitten.

Michael, ein schlanker Mann Ende Zwanzig mit einem wachen, intensiven Blick, wirkte nachdenklich. Seine Leidenschaft fürs Kochen war mehr als nur ein Beruf – es war eine Berufung.

Trotz der bevorstehenden Schließung des Restaurants, in dem er seine Fähigkeiten geschärft hatte, spürte er eine Mischung aus Wehmut und aufkeimender Aufregung für die Zukunft.

«Ich kann es kaum glauben, dass es vorbei ist», sagte er leise, während er ein kunstvolles Gericht zubereitete.
Seine Sous-Chefin und beste Freundin, Emma, trat zu ihm.
«Ja, es war eine schöne Zeit hier. Jetzt gehen wir eben den nächsten Schritt. Du hast doch schon so lange von deinem eigenen Restaurant geträumt.»
Michael nickte.
«Ja, das habe ich. Aber ich werde diesen Ort vermissen. Es fühlt sich an, als würde ich ein Stück meiner selbst hier zurücklassen.»
«Und du wirst ein Stück davon mit in dein neues Abenteuer nehmen», erwiderte Emma mit einem ermutigenden Lächeln. «Du hast hier so viel gelernt. Wir beide haben hier viel gelernt.»
An diesem Abend bereitete Michael ein besonderes Menü für eine Wohltätigkeitsveranstaltung vor, die letzte Veranstaltung, die im Restaurant stattfinden sollte. Es war eine bittersüße

Ehre für ihn, das Catering zu übernehmen. Er war entschlossen, einen unvergesslichen Eindruck zu hinterlassen. Sein Menü war eine Mischung aus klassischer Eleganz und avantgardistischer Kreativität, ein Symbol seiner Reise und seines Wachstums als Koch.

Die Küche war erfüllt von einer Atmosphäre konzentrierter Hektik, gemischt mit einer Spur Melancholie. Michael dirigierte sein Team mit einer Mischung aus Respekt und Autorität, wobei Emma ihm treu zur Seite stand. Ihre tiefe Verbindung, geprägt von Jahren der Zusammenarbeit und gegenseitigen Bewunderung, war deutlich spürbar.

«Michael, denkst du, dass wir das Risotto etwas früher ansetzen sollten?», fragte Emma, während sie einen Topf hervorholte.

«Gute Idee, Emma. Lass uns das machen. Heute Abend soll alles perfekt sein», antwortete Michael mit einem

Lächeln, das sowohl Dankbarkeit als auch eine Spur von Traurigkeit zeigte.

Während sie zusammenarbeiteten, reflektierte Michael über die vielen Nächte und frühen Morgenstunden, die er in dieser Küche verbracht hatte, immer getrieben von dem unaufhörlichen Drang, sein Handwerk zu perfektionieren.

Dieses Kapitel seines Lebens ging zu Ende, aber ein neues, aufregendes Kapitel wartete auf ihn – die Verwirklichung seines Traums, sein eigenes Restaurant zu eröffnen.

Der kühle Berliner Abendhimmel war übersät mit einem Mosaik aus glitzernden Sternen, als John seine Schritte durch die belebten Straßen lenkte.

Frisch in Berlin angekommen, trug er das sichere, selbstbewusste Auftreten eines Mannes, der in vielen Teilen der Welt zuhause gewesen war. John, ein ehemaliger britischer Militäroffizier, der nun als Sicherheitsberater arbeitete, war es gewohnt, sich schnell an neue Umgebungen anzupassen. Berlin war jedoch anders – eine Stadt mit einer einzigartigen Mischung aus Geschichte, Kultur und einer unverwechselbaren Energie.

Seine neue Mission hatte ihn in diese vibrierende Metropole geführt. Die Details seines Auftrags waren streng geheim, typisch für die Art von Arbeit, die John seit seinem Ausscheiden aus dem Militär übernommen hatte. Er arbeitete nun für eine private Sicherheitsfirma, die häufig für kontroverse internationale Unternehmen tätig war. Seine Aufgaben waren vielfältig und oft moralisch zweideutig, was ihn regelmäßig in innere Konflikte stürzte.

Johns Schritte führten ihn durch die historischen Viertel Berlins, vorbei an imposanten Bauwerken, die die Zeiten überdauert hatten. Er fühlte sich von der Stadt angezogen und zugleich herausgefordert. Berlin schien ihm wie ein Rätsel, das es zu entschlüsseln galt, mit seinen vielen Schichten und Widersprüchen.

Während er durch die Straßen ging, dachte John an die bevorstehende Wohltätigkeitsveranstaltung, zu der er eingeladen worden war. Es war eine Gelegenheit, wichtige Kontakte zu knüpfen und möglicherweise mehr über die Hintergründe seines aktuellen Auftrags zu erfahren.

John war ein Mann Anfang Dreißig mit scharfen Gesichtszügen und einer athletischen Statur, Ergebnis jahrelanger körperlicher Betätigung und Disziplin. Seine kurzen braunen Haare und die tiefen Linien, die sein Gesicht umgaben, zeugten von einem Leben, das voller Herausforderungen und Verantwortung gewesen war.

In seiner neuen Rolle als Sicherheitsberater hatte John gelernt, sich in der Welt der Machtpolitik und der internationalen Geschäfte zu bewegen. Seine militärische Vergangenheit hatte ihm eine Reihe von Fähigkeiten verliehen, die in diesem Milieu sehr gefragt waren. Doch trotz seines Erfolgs und seiner Kompetenz in seinem Berufsfeld spürte John eine wachsende Leere in sich.

Die ständigen Reisen, die Abwesenheit von wirklichen, tiefgehenden menschlichen Beziehungen und die immer wiederkehrenden moralischen Dilemmata seines Berufs ließen ihn oft nachdenklich und isoliert zurück.

Als er sich seinem Hotel näherte, blickte John noch einmal zurück auf die Straßen Berlins, die jetzt in der Dämmerung leuchteten. Er fragte sich, ob diese Stadt vielleicht mehr für ihn bereithalten könnte als nur einen weiteren Auftrag.

Vielleicht, so hoffte er, könnte sie ihm auch einen Weg zu etwas Neuem, etwas Bedeutungsvollem bieten.

Das Morgengrauen über Berlin brachte

ein neues Maß an Hektik in die Küche, in der Michael und sein Team emsig arbeiteten. Heute war der Tag der großen Wohltätigkeitsveranstaltung, und die Vorbereitungen liefen auf Hochtouren. Michael war schon seit den frühen Morgenstunden auf den Beinen, getrieben von einer Mischung aus nervöser Energie und purer Aufregung.

Emma, Michaels rechte Hand und vertraute Freundin, war bereits damit beschäftigt, die letzten Details des Menüs zu koordinieren. Ihre Präsenz in der Küche war eine Quelle der Stärke für Michael. Sie verstand ihn ohne Worte und konnte seine Gedanken fast vorhersehen.

Ihre Freundschaft und professionelle Beziehung waren über die Jahre gewachsen und hatten sich zu einer tiefen, fast geschwisterlichen Verbundenheit entwickelt.

«Michael, denkst du, wir sollten die

Garnitur für das Hauptgericht ändern?», fragte Emma, während sie einige frische Kräuter prüfte.

Michael blickte auf und betrachtete die Auswahl. «Nein, lass es so. Es ist perfekt», antwortete er mit einem Lächeln. Er schätzte Emmas Auge fürs Detail und ihr Engagement für Perfektion, Eigenschaften, die sie zu einer unschätzbaren Stütze machten.

In der Küche ging es turbulent zu. Helfer schnitten, würzten und garnierten, jeder vollkommen vertieft in seine Aufgabe. Die Luft war erfüllt von den Düften exotischer Gewürze und frischer Zutaten. Michael bewegte sich mit einer ruhigen Autorität durch den Raum, überprüfte jedes Gericht, gab Anweisungen und ermutigte sein Team.

Inmitten der Vorbereitungen kam Frau Becker, eine ältere Stammkundin und Unterstützerin von Michael, in die Küche. Sie war eine elegante Frau mit einem warmen Lächeln, die eine besondere Zuneigung für Michael und seine kulinarischen Kreationen hegte.

«Michael, ich bin so aufgeregt, dein Menü heute Abend zu probieren», sagte sie mit einem Strahlen in den Augen. «Ich weiß, es wird fantastisch sein.»

«Danke, Frau Becker», erwiderte Michael herzlich. «Ihre Unterstützung bedeutet mir sehr viel.»

Als die letzten Vorbereitungen abgeschlossen waren, trat Michael zurück und betrachtete das Ergebnis ihrer harten Arbeit. Die Gerichte waren nicht nur kulinarische Meisterwerke, sondern auch visuell atemberaubend. Es war eine perfekte Harmonie aus Geschmack, Ästhetik und Innovation – ein wahrer Ausdruck von Michaels Talent und Vision.

Mit einem letzten prüfenden Blick gab Michael das Signal, dass alles bereit war. Es war Zeit, die Gäste zu empfangen und ihnen eine unvergessliche kulinarische Erfahrung zu bieten.

Die Wohltätigkeitsveranstaltung fand in einem eleganten Saal statt, dessen prächtige Fenster den Blick auf die beleuchtete Skyline Berlins freigaben.

Die Gäste, eine Mischung aus Geschäftsleuten, Lokalprominenz und Kulturschaffenden, bewegten sich in einem Meer aus Gesprächen und gelachter. Inmitten dieses lebhaften Treibens betrat John den Saal, sein Blick scharf und beobachtend.

Michael, der in der Küche die letzten Vorbereitungen überwachte, fühlte eine Mischung aus Anspannung und Vorfreude. Die ersten Gerichte wurden bereits serviert, und das positive Echo der Gäste erreichte ihn wie eine wärmende Brise. Er wischte sich die Hände an seiner Schürze ab und trat hinaus, um sich unter die Gäste zu mischen und ihre Reaktionen aus der Nähe zu beobachten.

Johns Aufmerksamkeit wurde von der Besonderheit der servierten Speisen gefangen genommen. Er war kein Fremder in der Welt der gehobenen Küche, aber etwas an der Art und Weise, wie die Gerichte präsentiert wurden, sprach zu ihm – eine gewisse Kreativität und Leidenschaft, die man nicht oft antraf.

Als ihre Blicke sich trafen, spürten sowohl John als auch Michael eine unerwartete Verbindung. Michael erkannte in Johns Augen eine Tiefe und Intensität, die ihn faszinierte, während John in Michaels Ausstrahlung eine Art von authentischer Leidenschaft und Hingabe wahrnahm, die er lange nicht gespürt hatte.

Als ihre Blicke sich trafen, spürten sowohl John als auch Michael eine unerwartete Verbindung. Michael erkannte in Johns Augen eine Tiefe und Intensität, die ihn faszinierte, während John in Michaels Ausstrahlung eine Art von authentischer Leidenschaft und Hingabe wahrnahm, die er lange nicht gespürt hatte.

«Das Essen ist hervorragend», sagte John, als Michael sich ihm näherte. «Ich habe selten so etwas Geschmackvolles und Kreatives probiert.»

«Vielen Dank», erwiderte Michael, ein Lächeln umspielte seine Lippen. «Ich bin Michael, der Koch hier.»

«John», stellte sich der andere Mann vor, seine Hand ausstreckend. «Ich bin erst kürzlich nach Berlin gezogen. Deine Kochkünste machen meinen Umzug schon jetzt lohnenswert.»

Die Unterhaltung, die sich zwischen ihnen entspann, war unerwartet einfach und natürlich. Sie sprachen über das Essen – Michael teilte seine Inspirationen für die Gerichte – und über Berlin, wobei John von seinen ersten Eindrücken der Stadt erzählte. Allmählich glitten sie in persönlichere Themen über, wobei jeder von ihnen Anekdoten aus seinem Leben beisteuerte.

Es gab eine Leichtigkeit in ihrer Kommunikation, die selten und wertvoll war. Michael fand Gefallen an Johns aufmerksamer Art und seiner Art zu lächeln, wenn er etwas besonders interessant fand. John wiederum war fasziniert von Michaels Leidenschaft für die Kulinarik und der Wärme, die er ausstrahlte.

«Berlin scheint voller Überraschungen zu sein», bemerkte John, als er einen weiteren Bissen von dem kunstvoll zubereiteten Gericht nahm.

«Das ist es», stimmte Michael zu, «und manchmal sind es die unerwarteten Begegnungen, die am meisten beeindrucken.»

Währenddessen beobachtete Emma die Interaktion aus der Ferne. Sie kannte Michael gut genug, um zu erkennen, dass diese Begegnung für ihn etwas Besonderes war. Ein Lächeln umspielte ihre Lippen, als sie sich wieder ihrer

Arbeit zuwandte.

Die Veranstaltung ging weiter, und John und Michael fanden immer wieder Gelegenheiten, miteinander zu sprechen. Es war, als ob sie in der kurzen Zeit, die sie miteinander verbrachten, eine Verbindung aufgebaut hatten, die tiefer ging als bloße Höflichkeiten.

Als die Nacht zu Ende ging und die Gäste sich verabschiedeten, tauschten John und Michael Kontaktdaten aus. «Vielleicht können wir uns wieder treffen», schlug John vor. «Ich würde gerne mehr über deine Arbeit erfahren – und über dich.»

Michael nickte, das Gefühl der Aufregung mischte sich mit einer Spur von Unsicherheit. «Das würde mich freuen», sagte er.

Nachdem John den Saal verlassen hatte, stand Michael einen Moment lang still und ließ die Ereignisse des Abends auf sich wirken. Er hatte nicht erwartet, auf dieser Veranstaltung jemanden wie John zu treffen – jemanden, der ihn gleichzeitig faszinierte und herausforderte.

Kapitel 2

Das frühe Morgenlicht fiel sanft durch die Fenster der kleinen Wohnung, in der Michael lebte. Er saß an seinem Küchentisch, eine Tasse dampfenden Kaffees in der Hand, und seine Gedanken kreisten um das Ereignis der letzten Nacht – insbesondere um John.
Es war selten, dass jemand Michaels Interesse so schnell und so intensiv weckte. Etwas an John, vielleicht seine geheimnisvolle Aura oder sein offensichtliches Interesse an Michaels Welt, hatte einen tiefen Eindruck hinterlassen.
«Hallo Michael, du scheinst ja intensiv über etwas nachzudenken, wenn du mich nicht einmal reinkommen hörst», bemerkte Emma grinsend, als sie die Küche betrat. Sie hatte die Nacht auf Michaels Couch verbracht, eine häufige Praxis nach späten Arbeitsabenden.

«Ich denke über diesen John von gestern Abend nach», gab Michael zu, seine Stimme nachdenklich. «Ich weiß nicht genau, was ich von ihm halten soll. Es fühlt sich an wie… wie der Beginn von etwas, das ich nicht ganz greifen kann.»
Emma setzte sich ihm gegenüber und schenkte sich ebenfalls Kaffee ein. «Das klingt aufregend, aber sei vorsichtig, Michael. Du kennst ihn kaum», warnte sie sanft.
Michael nickte.
«Ich weiß. Es ist nur… ich spüre eine besondere Verbindung. Ich kann es dir nicht genauer erklären. Ich verstehe es ja selbst nicht richtig.»
Er seufzte und blickte aus dem Fenster.
Emma beobachtete ihn eine Weile schweigend. Dann sprach sie von ihren eigenen Problemen, von der Affäre mit dem verheirateten Mann, mit der sie zu kämpfen hatte.
«Ich weiß, es ist nicht richtig», gestand

sie. «Ich muss das beenden, aber es ist nicht einfach. Anfangs wusste ich nichts von seiner Frau. Dann hat er mir erzählt, sie leben getrennt. Inzwischen glaube ich, er belügt sie und mich. Er kann so liebevoll sein, so fürsorglich. Ein anderes Mal lässt er sich dann wieder lange Zeit nicht blicken und erfindet irgendeine Ausrede. Das ist bestimmt die Zeit, die er dann mit ihr verbringt und sie glauben lässt, sie wäre seine einzige Liebe.» Sie seufzte.

Michael hörte aufmerksam zu, seine eigenen romantischen Wirrungen für einen Moment vergessend.

«Du verdienst etwas Besseres, Emma. Etwas Echtes und Aufrichtiges», sagte er mit fester Überzeugung.

Das Gespräch zwischen ihnen drehte sich dann um das Restaurant und die nächsten Schritte in Michaels Karriere. Trotz der emotionalen Komplexität ihres persönlichen Lebens blieben ihre gemeinsamen beruflichen Träume ein starker verbindender Faktor. Sie sprachen über potenzielle Standorte für das Restaurant und Finanzierungsmöglichkeiten, wobei Emma Michaels Enthusiasmus und Vision mit ihrer pragmatischen Denkweise ausglich.

Als Emma sich schließlich erhob, um zu gehen, legte Michael eine Hand auf ihre Schulter.

«Danke, dass du da bist», sagte er aufrichtig. «Und denk daran, was ich über deine Situation gesagt habe. Du bist es wert, glücklich zu sein.»

Emma lächelte traurig. «Das werde ich. Und du auch, Michael. Sei einfach vorsichtig mit deinem Herzen.»

Nachdem Emma gegangen war, blieb Michael allein zurück, seine Gedanken kehrten zu John zurück. Trotz Emmas Warnung konnte er die Vorfreude auf ein Wiedersehen nicht leugnen. Es war etwas Aufregendes daran, jemanden zu treffen, der so unterschiedlich und doch so faszinierend war.

In diesem Moment fasste Michael den Entschluss, dem zu folgen, was sein Herz ihm sagte. Er würde sehen, wohin dieser neue Weg mit John ihn führen könnte.

Johns Morgen begann in einem sterilen Hotelzimmer, das im Gegensatz zu dem lebendigen, chaotischen Berlin draußen stand. Er saß am Schreibtisch, vertieft in die Akten seines aktuellen Auftrags. Die Dokumente waren voller komplexer Details und geheimer Informationen, typisch für die Arbeit, die John seit seinem Ausscheiden aus dem Militär übernahm. Doch heute fiel es ihm schwer, sich zu konzentrieren. Seine Gedanken drifteten immer wieder zu Michael, zu dessen leidenschaftlichem Blick und dem intensiven Gespräch, das sie geführt hatten.

John war es gewohnt, in Welten zu navigieren, in denen klare Linien oft verschwammen und in denen das, was recht war, nicht immer das war, was getan wurde. Seine Rolle als Sicherheitsberater für kontroverse internationale Unternehmen hatte ihn oft in moralische Grauzonen geführt. Aber die Begegnung mit Michael hatte etwas in ihm aufgewühlt, eine Sehnsucht nach etwas Echtem, etwas Unkompliziertem.

Er stand auf und ging ans Fenster. Berlin erwachte zu einem neuen Tag, die Stadt ein pulsierendes Netz aus Leben und Geschichte. John fühlte sich zerrissen zwischen der Welt, in der er lebte – einer Welt voller Geheimnisse und Schatten – und der Welt, die Michael repräsentierte, einer Welt voller Kreativität, Leidenschaft und Farbe.

Das Handy auf dem Schreibtisch summte. Es war eine Nachricht von Henrik, seinem Kollegen und Vertrauten.

«Treffen heute Abend. Neue Infos zum Auftrag.» John starrte auf die Nachricht. Gewöhnlich würde er sich auf ein solches Treffen konzentrieren, doch heute spürte er eine gewisse Widerwilligkeit.

Seine Gedanken kehrten zu Michael zurück. Es gab eine Offenheit in Michaels Welt, die John sowohl faszinierend als auch beängstigend fand. Er war es nicht gewohnt, sich emotional zu öffnen oder sich jemandem anzunähern, der außerhalb seines geschlossenen Kreises von Arbeit und Pflichten stand.

John nahm sein Handy und tippte eine Nachricht an Henrik: «Ich bin dabei. Bis später.» Dann legte er das Handy beiseite und blickte wieder auf die Straßen Berlins hinunter.

Er musste sich auf seinen Auftrag konzentrieren, das wusste er. Aber tief in seinem Herzen wusste er auch, dass er Michael wiedersehen wollte – um zu erforschen, was diese unerwartete Verbindung bedeuten könnte.

In diesem Moment traf John eine Entscheidung. Er würde seine Pflichten erfüllen, aber er würde auch dem nachgehen, was sein Herz ihm sagte. Vielleicht, dachte er, könnte Berlin mehr als nur ein weiterer Ort für einen Auftrag sein. Vielleicht könnte es der Beginn von etwas Neuem sein.

Kapitel 3

Das Schicksal spielte seine Karten auf unerwartete Weise aus, als Michael und John sich zufällig in einem gemütlichen Café in einem der belebten Viertel Berlins trafen. Michael war dort, um sich von der Hektik der Küche zu entspannen, während John eine kurze Atempause von seinen Aufgaben suchte.

Als sie einander sahen, war die Überraschung in ihren Gesichtern deutlich. «John!», rief Michael aus. «Das ist ja eine Überraschung.»

Johns Lippen umspielte ein Lächeln. «In der Tat. Ich hätte nicht gedacht, dich hier zu treffen, Michael.»

Sie bestellten Kaffee und setzten sich an einen abgelegenen Tisch. Die Anfangsunterhaltung drehte sich um Belanglosigkeiten – das Wetter, das Café – aber schnell fanden sie zu tieferen Themen.

Michael sprach über seine Leidenschaft für das Kochen und seinen Traum, ein eigenes Restaurant zu eröffnen. John hörte aufmerksam zu, beeindruckt von Michaels Hingabe und Kreativität.

«Es ist mehr als nur Essen zuzubereiten», erklärte Michael. «Es geht um die Schaffung eines Erlebnisses, eines Moments, der in Erinnerung bleibt.»

John nickte. «Ich kann das nachvollziehen, auch wenn meine Welt ganz anders ist.» Er zögerte einen Moment, bevor er fortfuhr. «Meine Arbeit... sie führt mich oft in Situationen, die schwer zu rechtfertigen sind. Es ist ein ständiger Kampf zwischen dem, was notwendig ist, und dem, was richtig ist.»

Die Offenheit in Johns Stimme überraschte Michael. Er sah einen Mann, der tiefgründiger war, als er zunächst angenommen hatte, jemanden, der mit seinen eigenen Dämonen rang.

«Es klingt, als ob du eine Last mit dir

trägst», bemerkte Michael sanft.

John seufzte.

«Ja, das tue ich. Aber es ist Teil dessen, wer ich bin, Teil meiner Vergangenheit und meiner Gegenwart.»

Ihr Gespräch vertiefte sich, als sie über ihre unterschiedlichen Lebenswege sprachen, und beide öffneten sich über ihre Vergangenheit und die Erfahrungen, die sie geprägt hatten.

John begann, über seine Zeit beim Militär zu sprechen, eine Phase seines Lebens, die ihn in viele Teile der Welt geführt und ihm eine Perspektive auf Disziplin und Verantwortung gegeben hatte.

«Das Militär hat mich geformt, aber es hat mich auch dazu gebracht, viele Dinge in Frage zu stellen», erklärte er.

Seine Stimme hatte einen nachdenklichen Unterton, als er von den Herausforderungen und den schweren Entscheidungen berichtete, die er treffen musste.

Michael hörte aufmerksam zu, beeindruckt von der Offenheit, mit der John sprach. Dann teilte er seine eigene Geschichte, wie er schon als Junge eine Leidenschaft fürs Kochen entwickelt hatte.

«Ich war immer derjenige in der Familie, der in der Küche experimentierte. Meine Freunde fanden das damals ziemlich merkwürdig.»

Er lachte leise, als er sich an eine besondere Anekdote erinnerte.

«Eines Tages haben einige Kinder aus der Schule sich darüber lustig gemacht. Sie verstanden nicht, warum ein Junge lieber kochen als Fußball spielen wollte.» Michaels Augen leuchteten, als er fortfuhr: «Aber dann kam Emma, meine beste Freundin, und hat sich für mich eingesetzt. Sie hat den anderen klargemacht, dass Kochen genauso cool sein kann wie jeder andere Sport.»

«Seitdem kochen wir oft zusammen», fügte Michael hinzu. «Sie hat immer an mich und meine Träume geglaubt.»

John lächelte, berührt von der Geschichte. «Das klingt nach einer wunderbaren Freundschaft. Jemanden zu haben, der einen so unterstützt, ist wirklich etwas Besonderes.»

Als die Zeit verging und sie aufbrechen mussten, fühlte es sich an, als ob sie gerade erst begonnen hatten, einander wirklich kennenzulernen. «Ich hoffe, wir können das bald wiederholen», sagte John, als sie sich verabschiedeten.

«Das hoffe ich auch», erwiderte Michael. «Es gibt noch so viel, was ich über dich erfahren möchte.»

Sie trennten sich mit dem Versprechen, in Kontakt zu bleiben, beide erfüllt von der Erkenntnis, dass diese zufällige Begegnung vielleicht der Beginn von etwas Bedeutungsvollem war.

Emma saß allein in ihrer kleinen, gemütlich eingerichteten Wohnung und starrte auf ihr Handy. Die Nachrichten von dem verheirateten Mann, mit dem sie eine Affäre hatte, blinkten auf dem Bildschirm. Lange hatte sie mit sich gerungen, doch die Gespräche mit Michael hatten ihr die Augen geöffnet. Sie wusste, was sie tun musste.

Mit zittrigen Fingern tippte sie eine Nachricht. «Wir können so nicht weitermachen. Es ist vorbei.» Sie drückte auf ‚Senden‘, bevor ihr Mut nachlassen konnte.

Das Gefühl der Erleichterung mischte sich mit Traurigkeit, als sie ihr Handy beiseitelegte. Es war das Ende eines Kapitels in ihrem Leben, aber auch der Beginn von etwas Neuem, etwas Ehrlicherem.

Am nächsten Tag traf sie sich mit Michael in einem Café, um ihm von ihrer Entscheidung zu erzählen.

«Ich habe es beendet», sagte sie, ihre Stimme fest, aber ihre Augen zeigten einen Hauch von Unsicherheit.

Michael sah sie mit einem Blick voller Unterstützung und Mitgefühl an.

«Das war mutig von dir, Emma. Ich bin stolz auf dich.»

«Ich fühle mich irgendwie verloren», gestand Emma. «Aber ich weiß, dass es das Richtige war. Es ist Zeit, mich auf mich selbst zu konzentrieren und auf das, was ich wirklich im Leben will.»

«Und was ist das?», fragte Michael sanft.

Emma lächelte nachdenklich. «Ich will jemanden, der mich wirklich schätzt. Und ich möchte mich auf meine Karriere konzentrieren, vielleicht sogar meine eigenen kulinarischen Träume verfolgen.»

Die beiden Freunde verbrachten den Nachmittag damit, über ihre Zukunft zu sprechen, über die Träume und Ziele, die sie hatten. Michael war für Emma mehr als nur ein Freund; er war ein Anker in den unruhigen Gewässern ihres Lebens.

Als sie das Café verließen, fühlte Emma sich gestärkt. Sie hatte eine schwierige

Entscheidung getroffen, aber es war ein Schritt in Richtung eines authentischeren Lebens. Und mit Michael an ihrer Seite wusste sie, dass sie die Kraft hatte, den Weg zu gehen, der vor ihr lag.

Kapitel 4

Michael wanderte durch die Straßen Berlins, er blickte sich ständig um nach dem perfekten Ort für sein Traumrestaurant. Er hatte bereits mehrere Immobilien besichtigt, aber jede hatte ihre eigenen Herausforderungen mitgebracht – zu klein, zu teuer oder schlecht gelegen. Er wusste, dass die Suche nach dem richtigen Ort eine der größten Hürden auf dem Weg zur Verwirklichung seines Traums war.

Als er vor einem alten, aber charmanten Gebäude stand, spürte er ein Flimmern der Hoffnung. Das Gebäude hatte Charakter, lag in einer lebhaften Gegend und schien groß genug für seine Vision. Doch als er die Mietpreise erfuhr, schwand seine Hoffnung – es war weit über seinem Budget.

Frustration mischte sich mit Entschlossenheit, als Michael weiterzog. Er wusste, dass er Kompromisse eingehen müsste, aber er war nicht bereit, seine Vision völlig aufzugeben. Sein Traumrestaurant sollte nicht nur ein Ort des guten Essens, sondern auch ein Raum für Kreativität, Gemeinschaft und Kultur sein.

Später am Tag traf Michael Emma in einem Café. Er teilte seine Sorgen und Frustrationen mit ihr. «Ich finde einfach nicht den richtigen Ort. Es fühlt sich an, als würde ich gegen eine Wand laufen», gestand er.

«Du darfst nicht aufgeben, Michael», ermutigte Emma. «Das perfekte Lokal ist da draußen. Es braucht nur Zeit, es zu finden.»

Michael lächelte dankbar. Emmas Optimismus war ansteckend.

«Ich weiß, du hast recht. Ich muss nur geduldig sein.»

In einem abgelegenen Besprechungsraum in einem unauffälligen Bürogebäude in Berlin saß John an einem

Tisch, umgeben von Henrik und einigen anderen Kollegen aus der Sicherheitsfirma. Ernst und konzentriert blickte er auf die Karten und Dokumente, die auf dem Tisch ausgebreitet waren und die Details ihres neuesten Auftrags offenbarten – ein Auftrag, der wie immer in der Grauzone der Ethik lag.

Der Auftrag kam von einer großen, international agierenden Firma, die in Berlin ein neues Projekt starten wollte. Das Projekt umfasste den Bau eines umfangreichen Geschäfts- und Wohnkomplexes in einem historisch und kulturell bedeutenden Teil der Stadt.

Dieser Plan hatte bereits für öffentlichen Widerstand gesorgt, da er zur Folge hätte, dass ein beliebter lokaler Park und mehrere alte Gebäude, darunter auch kulturelle Einrichtungen und kleine Geschäfte, weichen müssten. Die Aufgabe von Johns Sicherheitsfirma war es, die Umsetzung dieses Projekts zu erleichtern. Dazu gehörte das Sammeln von Informationen über die Hauptakteure des Widerstandes, die Überwachung von Protestaktivitäten und das Entwickeln von Strategien, um den öffentlichen Widerstand zu minimieren. Darüber hinaus sollten sie potenzielle Risiken für die Mitarbeiter und das Eigentum des Unternehmens während der Bauphase bewerten und abmildern.

Während des Meetings mit Henrik und den anderen wurde klar, dass einige der Methoden, die vorgeschlagen wurden, um die Proteste zu bewältigen, moralisch fragwürdig waren. Dazu zählten Maßnahmen wie das gezielte Diskreditieren von lokalen Aktivisten, die Verwendung von Überwachungstechniken, um Informationen über die Gegner des Projekts zu sammeln, und das Einsetzen von verdeckten Agenten, um die Protestbewegungen von innen zu schwächen.

John, der sich immer mehr der Konsequenzen seiner Arbeit bewusst wurde, fühlte sich zunehmend unwohl mit diesen Methoden. Die Gedanken an Michael und dessen Leidenschaft für seine Gemeinschaft – eine Gemeinschaft, die möglicherweise direkt von diesem Projekt betroffen wäre – verstärkten seine Bedenken. Johns innerer Konflikt zwischen seiner beruflichen Rolle und seinen persönlichen Werten begann zu eskalieren.

Henrik, ein Mann mit scharfen Zügen und durchdringendem Blick, erläuterte die neuesten Entwicklungen. «Die Situation ist komplex. Wir müssen diskret vorgehen, um die Interessen unserer Kunden zu wahren», sagte er.

John hörte zu, aber sein Geist war teilweise woanders. Die Gedanken an Michael und ihre letzte Begegnung kamen immer wieder hoch, ein ständiger Kontrast zu der kühlen, berechnenden Welt, in der er sich gerade befand. Er spürte, wie seine frühere Entschlossenheit, die Dinge um jeden Preis zu erledigen, angesichts neuer Empfindungen zu bröckeln begann.

«John, was denkst du?», fragte Henrik, seine Stimme holte John zurück in die Realität.

«Ich…», begann John, zögerte jedoch. Er schaute auf die Dokumente vor ihm, die eine Entscheidung forderten, die möglicherweise weitreichende Konsequenzen haben könnte. «Wir müssen vorsichtig sein. Nicht nur aus strategischen Gründen, sondern auch, um sicherzustellen, dass wir nicht mehr Schaden als nötig anrichten.»

Die anderen am Tisch tauschten überraschte Blicke aus. Dies war ein neuer Ton von John, einer, der Bedenken über Konsequenzen und Ethik zum Ausdruck brachte, die er früher seltener gezeigt hatte.

Nach dem Meeting blieb John allein im Raum zurück, seine Gedanken wirbelten umher. Er war ein Soldat und Sicherheitsberater gewesen, der gelernt hatte, seine Emotionen zu kontrollieren und das Notwendige zu tun.

Aber jetzt, da er jemanden wie Michael kennengelernt hatte, begann er zu realisieren, dass es noch andere Dinge im Leben gab – Dinge wie Verbindung, Leidenschaft und vielleicht sogar Liebe.

Er stand auf und blickte aus dem Fenster auf die belebte Straße.

In diesem Moment fühlte er sich zerrissen zwischen zwei Welten – der Welt seiner Arbeit, die von ihm verlangte, hart und unerbittlich zu sein, und einer anderen Welt, die er gerade erst zu entdecken begann, einer Welt, die weicher, heller und hoffnungsvoller war.

John wusste, dass er Entscheidungen treffen musste – Entscheidungen, die nicht nur seine Zukunft beeinflussen würden, sondern auch die Zukunft derer, die in seinem Leben immer wichtiger wurden.

Michael hatte John zu einem Spaziergang im Grunewald eingeladen, einem der großen grünen Flecken in Berlin, ein Ort, der ihm Ruhe und Inspiration bot. Die Bäume standen in voller Blüte, die Vögel zwitscherten, und die Frühlingssonne tauchte den Wald in ein warmes Licht. Es war der perfekte Gegenpol zu der hektischen Atmosphäre der Stadt.

Während sie nebeneinander hergingen, öffneten sie sich einander über ihre Träume, Hoffnungen und die Herausforderungen, denen sie sich gegenübersahen. Michael sprach von seinem Traum, ein Restaurant zu eröffnen, das nicht nur ein Ort des Essens, sondern auch ein Treffpunkt für Kultur und Gemeinschaft sein sollte. John hörte aufmerksam zu, beeindruckt von Michaels Leidenschaft und Hingabe.

«Ich möchte einen Ort schaffen, der mehr ist als nur ein Restaurant. Einen Ort, an dem Menschen zusammenkommen, um nicht nur gutes Essen, sondern auch gute Gesellschaft und Kultur zu genießen», erklärte Michael mit leuchtenden Augen.

John nickte.

«Das klingt wunderbar. Es ist beeindruckend, wie klar du deine Vision vor Augen hast.» Nach einem Moment des Zögerns fügte er hinzu: «Meine Arbeit… sie ist oft nicht so inspirierend. Sie führt mich manchmal in moralisch schwierige Situationen.»

Michael sah John an, ein Ausdruck von Verständnis in seinem Gesicht. «Ich kann mir vorstellen, dass das nicht einfach ist. Aber es ist wichtig, dass du dir treu bleibst, egal in welcher Situation.»

John schaute nachdenklich in die Ferne. «Ich beginne zu erkennen, dass es mehr im Leben gibt als nur meine Arbeit. Begegnungen wie unsere… sie haben mich zum Nachdenken gebracht.»

Sie setzten ihren Spaziergang fort, wobei sie über leichtere Themen sprachen, lachten und die Natur genossen. Es war, als ob sie eine eigene kleine Welt erschufen, weit weg von den Komplikationen ihres Alltags.

Als der Nachmittag zu Ende ging und die Sonne tiefer am Horizont stand, fühlten sie beide, dass sich zwischen ihnen etwas Besonderes entwickelte. Eine Verbindung, die über bloße Anziehung hinausging und in die Tiefe ging.

«Ich bin froh, dass wir uns getroffen haben, Michael», sagte John, als sie sich auf den Rückweg machten.

«Ich auch, John», erwiderte Michael mit einem warmen Lächeln. «Es fühlt sich an, als hätten wir uns zur richtigen Zeit am richtigen Ort getroffen.»

Sie verabschiedeten sich mit dem Versprechen, sich bald wiederzusehen, beide erfüllt von einem Gefühl der Vorfreude und der Möglichkeit einer gemeinsamen Zukunft.

Emma saß in der kleinen, aber hellen Küche ihrer Wohnung. Umgeben von

Kochbüchern, Notizblöcken und Skizzen, arbeitete sie an ihrem eigenen Geschäftskonzept. Nachdem sie ihre Beziehung zu dem verheirateten Mann beendet hatte, fühlte sie sich befreit und motiviert, ihren eigenen Träumen nachzugehen.

Ihre Idee war es, ein kleines Bistro zu eröffnen, das sich auf lokale und saisonale Küche spezialisierte. Sie wollte einen Ort schaffen, der nicht nur köstliches Essen bot, sondern auch eine gemütliche, einladende Atmosphäre für die Gemeinschaft. Dieses Projekt war ihre Chance, sich als Chefköchin zu etablieren und ihre Leidenschaft für das Kochen voll auszuleben.

Später am Tag traf sie sich mit Michael in einem Café, um ihm ihre Pläne zu präsentieren.

«Ich denke darüber nach, mein eigenes Bistro zu eröffnen», sagte sie, während sie ihm ihre Skizzen und Ideen zeigte.

Michael betrachtete die Entwürfe und

lächelte.

«Das sieht fantastisch aus, Emma. Du hast ein echtes Talent, und ich weiß, dass du damit Erfolg haben wirst.»

«Es fühlt sich so echt an, jetzt, wo ich es mit jemandem teile», sagte Emma, ihre Augen leuchtend vor Aufregung. «Ich hatte immer Angst, diesen Schritt zu wagen, aber jetzt fühle ich mich bereit.»

«Du solltest stolz auf dich sein», ermutigte Michael sie. «Du machst einen großen Schritt, und ich werde dich in jeder Hinsicht unterstützen.»

Als sie das Café verließen, fühlte Emma sich gestärkt und inspiriert. Mit Michaels Unterstützung und ihrem eigenen neu entdeckten Selbstvertrauen war sie bereit, die Herausforderungen anzugehen, die auf sie warteten.

Kapitel 5

Michael schlenderte durch die malerischen Straßen eines alten Berliner Viertels, dessen Charme und Geschichte in jeder Ecke spürbar waren. Sein Herz schlug vor Aufregung höher, als er vor einem charmanten, etwas in die Jahre gekommenen Gebäude stand. Es war genau die Art von Ort, die er sich für sein Restaurant vorgestellt hatte.

Das Gebäude hatte hohe Decken und große Fenster, bot die perfekte Leinwand für Michaels kreative Vision. Der Raum war groß genug für eine offene Küche und mehrere gemütliche Essbereiche und verfügte sogar über einen kleinen Außenbereich. Das Beste daran war der erstaunlich günstige Preis – eine Seltenheit in einem so gefragten Stadtteil.

Michael konnte sein Glück kaum fassen. Er rief sofort den Makler an und vereinbarte ein Treffen, um über die Details zu sprechen. Als er durch die Räume ging, begann er sich vorzustellen, wie er den Ort in ein blühendes Restaurant verwandeln könnte – einen Ort, der nicht nur sein Talent und seine Leidenschaft fürs Kochen widerspiegelte, sondern auch ein Treffpunkt für die Gemeinschaft werden könnte.

Später am Tag teilte er Emma voller Begeisterung seine Entdeckung mit.

«Ich habe den perfekten Ort gefunden, Emma! Es ist alles, was ich mir je erträumt habe – und mehr», schwärmte er.

Emma freute sich mit ihm.

«Wenn du einen Ort gefunden hast, wird es bei mir bestimmt auch nicht mehr lange dauern», sagte sie sehnsuchtsvoll.

Voller Optimismus und Entschlossenheit begann Michael, Pläne für die Renovierung und Gestaltung seines zukünftigen Restaurants zu schmieden.

Er ahnte noch nicht, dass dieses Gebäude Teil eines umstrittenen Entwicklungsprojekts war, das tiefgreifende Auswirkungen auf sein Leben und seine Zukunft haben würde.

John saß in einem karg eingerichteten Büro, während ihm sein Vorgesetzter die nächsten Schritte des Bauprojekts erläuterte.

«Wir haben einige Anwohner, die sich weigern zu verkaufen. Deine Aufgabe ist es, sie zu überzeugen. Wir brauchen dieses Gebiet für unser Projekt,» sagte der Mann mit einem Tonfall, der keinen Widerspruch duldete.

John spürte, wie sich seine Magengrube zusammenzog. Die Vorstellung, Menschen aus ihren Häusern zu drängen, war ihm zuwider. Seine Arbeit hatte ihn oft in moralisch graue Zonen geführt, aber dies fühlte sich anders an – persönlicher, direkter.

«Verstanden», antwortete John knapp, seine Stimme fest, aber in seinem Inneren brodelte es. Als er das Büro verließ, waren seine Gedanken in Aufruhr. Wie konnte er seinen Job ausführen, ohne dabei seine eigene Moral zu verraten?

Die Straßen von Berlin fühlten sich kälter an, als John durch sie ging, seine Gedanken schwer von dem bevorstehenden Konflikt. Er dachte an Michael, an dessen Begeisterung für das Leben und dessen Traum, einen Unterschied in der Gemeinschaft zu machen. Wie würde Michael reagieren, wenn er wüsste, was John tat? Würde er ihn verstehen oder verachten?

John fühlte sich hin- und hergerissen zwischen der Loyalität zu seinem Arbeitgeber und seinem wachsenden Unbehagen über die ethischen Implikationen seiner Aufgaben. Er hatte gelernt, hart und unerbittlich zu sein, aber jetzt, da er jemanden wie Michael kennengelernt hatte, begann er zu zweifeln, ob dieser Weg wirklich der richtige war.

In einer ruhigen Straße hielt John inne, blickte in den Himmel und fragte sich, ob es einen Weg gab, beides zu tun – seinen Job zu erfüllen und gleichzeitig sein Gewissen zu bewahren. Tief in seinem Herzen wusste er, dass jede Entscheidung, die er traf, weitreichende Folgen haben würde, nicht nur für ihn, sondern auch für die Menschen um ihn herum.

Schweren Herzens setzte John seinen Weg fort, unsicher über die Zukunft und die Rolle, die er in ihr spielen würde.

Michael stand im zukünftigen Herzstück seines Traumrestaurants, umgeben von staubigen Böden und nackten Wänden, doch in seiner Vorstellung sah er bereits lebhafte Farben, hörte das Stimmengewirr zufriedener Gäste und roch die verführerischen Aromen aus der Küche.

Mit einem Notizblock in der Hand begann Michael, seine Ideen für das

Design und Layout des Restaurants zu skizzieren. Er plante eine offene Küche, um die Gäste am kulinarischen Erlebnis teilhaben zu lassen, und verschiedene Essbereiche, die sowohl Intimität als auch Gemeinschaftsgefühl boten. An einer Wand stellte er sich eine Kunstgalerie vor, die lokalen Künstlern eine Plattform bot.

In den folgenden Tagen traf Michael sich mit Innenarchitekten, Handwerkern und Lieferanten, um seine Vision zu verwirklichen. Jede Entscheidung, die er traf, spiegelte seine Leidenschaft für Qualität und Details wider.

Nachdem Emma Michael in seinem zukünftigen Restaurant besucht hatte, von dem er so leidenschaftlich erzählte, entschied sie sich für einen kleinen Spaziergang in der Umgebung. Die Straßen des Viertels waren lebhaft und einladend, und während sie langsam die Gegend erkundete, gefüllt mit Inspiration und Gedanken an ihre eigene

Zukunft, entdeckte sie ein kleines, leerstehendes Ladenlokal, nur wenige Straßen von Michaels Restaurant entfernt.

Die Nähe zu Michaels Haus, gepaart mit der charmanten Atmosphäre des Viertels, weckte in ihr sofort eine Welle von Möglichkeiten.

Neugierig trat sie näher heran und sah durch das staubige Fenster. Das Innere war klein, aber es strahlte einen rohen, ungeschliffenen Charme aus, der Emmas kreativen Geist sofort entflammte. Sie konnte sich lebhaft vorstellen, wie sie diesen Raum in ein gemütliches und einladendes Bistro verwandeln könnte, einen Ort, der nicht nur ihre kulinarischen Kreationen, sondern auch ihre Liebe zur Gemeinschaft zum Ausdruck brachte.

Ein Schild am Fenster verkündete, dass der Standort zur Miete stand. Emma spürte, wie ihr Herz schneller schlug. Dies könnte die Gelegenheit sein, auf die sie gewartet hatte – ein Schicksalsmoment. Sie zückte schnell ihr Handy, um die angegebene Nummer zu notieren, entschlossen, sich am nächsten Tag mit dem Vermieter in Verbindung zu setzen.

Als Emma weiterging, fühlte sie sich erfüllt von neuer Hoffnung und Entschlossenheit. Dieser Zufallsfund war vielleicht der erste Schritt zur Verwirklichung ihres Traums, und das Beste daran war, dass es nur wenige Straßen vom Restaurant entfernt war, an dem Michael arbeitete. Die Vorstellung, in unmittelbarer Nähe zu ihm zu sein und gleichzeitig ihren eigenen Weg zu gehen, brachte ein aufregendes Gefühl von Unabhängigkeit und Verbundenheit.

Während die Tage vergingen, begann Michaels Restaurant Form anzunehmen. Jeder Pinselstrich, jede ausgewählte Fliese und jedes Möbelstück waren Teil von Michaels Traum, der nun Wirklichkeit wurde. Doch er war

sich der Herausforderungen, die noch
vor ihm lagen, nicht bewusst – insbesondere der Konflikt, der sich
anbahnte und seine Träume bedrohen
könnte.

Kapitel 6

John saß allein in einer ruhigen Ecke einer Berliner Bar, sein Glas Whisky war kaum angerührt. Seine Gedanken kreisten unablässig um die bevorstehende Aufgabe, die Bewohner des alten Viertels zu ‚überzeugen', ihre Häuser zu verkaufen. Der Konflikt in seinem Inneren verschärfte sich mit jedem Gedanken an das, was er tun sollte, und an das, was er für richtig hielt.

Das Bild von Michael, wie er von seinem Restaurant träumte, konnte John nicht aus seinem Kopf bekommen. Er erkannte, dass Menschen wie Michael, die mit Leidenschaft und Hoffnung an die Zukunft ihrer Stadt dachten, diejenigen waren, die letztendlich unter seinen Aktionen leiden würden.

John grübelte über seine Möglichkeiten nach. Konnte er einen Weg finden, seinen Auftrag zu erfüllen, ohne seine ethischen Grundsätze zu verraten?

Gab es eine Möglichkeit, sowohl seinen beruflichen Verpflichtungen nachzukommen als auch das Richtige zu tun?

Seine Gedanken wurden von der Erinnerung an seine militärische Vergangenheit heimgesucht, an Zeiten, in denen Befehle befolgt werden mussten, ohne die Konsequenzen in Frage zu stellen. Aber diesmal fühlte es sich anders an. John spürte, dass jede Entscheidung, die er jetzt traf, nicht nur sein eigenes Leben, sondern auch das Leben anderer tiefgreifend beeinflussen würde.

Als er das Glas an seine Lippen hob, traf John eine Entscheidung. Er konnte nicht länger Teil eines Systems sein, das seine moralischen Überzeugungen untergrub. Er musste einen Weg finden, sich gegen den Auftrag zu stellen, auch wenn dies bedeutete, seine Karriere und vielleicht sogar mehr aufs Spiel zu setzen.

Mit dieser neuen Entschlossenheit verließ John die Bar. Er wusste, dass der Weg vor ihm schwierig sein würde, aber zum ersten Mal seit langer Zeit fühlte er eine Klarheit in seinem Herzen. Es war an der Zeit, sich für das zu entscheiden, was er für richtig hielt.

Das warme Sonnenlicht tauchte die Straßen des historischen Berliner Viertels in ein goldenes Leuchten, als Michael John vor dem großen Gebäude erwartete. Seine Augen funkelten vor Aufregung, als er John begrüßte.

«Ich bin so froh, dass du hier bist. Warte nur, bis du es siehst!»

Johns Herz klopfte erwartungsvoll, als sie das Gebäude betraten. Trotz der schweren Last seines Geheimnisses konnte er nicht umhin, von Michaels Begeisterung angesteckt zu werden. Als Michael ihm das Innere zeigte, mit den hohen Decken und den großen Fenstern, die einen perfekten Rahmen für seine Vision bildeten, spürte John eine Mischung aus Bewunderung und Sorge.

«Stell dir vor, hier eine offene Küche, dort eine kleine Bühne für Künstler», plauderte Michael. «Ein Ort, wo Essen und Kultur sich treffen.»

John beobachtete Michael, wie er mit leuchtenden Augen und lebhaften Gesten durch den Raum ging. Es war unmöglich, nicht von Michaels Leidenschaft mitgerissen zu werden.

«Es ist ein beeindruckender Ort», sagte John sanft. «Du wirst etwas Wunderbares daraus machen.»

Die Nähe zwischen ihnen war spürbar, und trotz der komplizierten Umstände fühlte John sich zunehmend zu Michael hingezogen. Michaels Traum zu sehen und seine Begeisterung zu teilen, machte es umso schwieriger, die Wahrheit zu verbergen.

Als sie später vor dem Haus standen, fiel Michaels Blick auf John. «Ist alles in

Ordnung? Du wirkst nachdenklich»,
fragte er mit einem besorgten Unterton.
John lächelte, ein Hauch von Melancholie in seinen Augen. «Alles ist gut.
Ich bin nur beeindruckt von deiner
Vision und deinem Enthusiasmus. Es
ist inspirierend.»
Auf dem Rückweg fühlte John die
wachsende Spannung zwischen dem,
was er fühlte, und dem, was er tun
musste. Michaels Präsenz hatte eine
Saite in seinem Herzen angeschlagen,
die er lange für stumm gehalten hatte.
Die Nähe zu Michael und das Sehen
seines Traums in greifbarer Nähe
bestärkten Johns Entschluss, diesen
Auftrag nicht auszuführen, nun umso
stärker.
Johns Gedanken waren in Aufruhr, als
er durch die Straßen Berlins wanderte.
Der Nachmittag mit Michael hatte nicht
nur die Tiefe seiner Gefühle offenbart,
sondern auch die Tragweite seiner
beruflichen Entscheidungen. Er wusste

nun, dass er nicht weiter an dem Projekt mitarbeiten konnte, das Michaels Traum zerstören würde.

Der innere Konflikt, der in ihm tobte, war intensiver denn je. Einerseits waren da seine professionelle Verpflichtung und die Erwartung, die seine Vorgesetzten an ihn stellten. Andererseits spürte er eine wachsende moralische Verpflichtung, das Richtige zu tun – nicht nur für sich selbst, sondern auch für Michael und die Gemeinschaft, die von dem Bauprojekt betroffen wäre.

John fühlte sich wie an einem Scheideweg. Er hatte seine Karriere dem Dienst und der Pflicht gewidmet, aber jetzt stellte er fest, dass diese Pflicht in direktem Konflikt mit seinen persönlichen Werten stand. Die Begegnung mit Michael hatte eine Veränderung in ihm ausgelöst, eine Erkenntnis, dass es Dinge im Leben gab, die wichtiger waren als beruflicher Erfolg und das Befolgen von Befehlen.

Er dachte an die Menschen in dem Viertel, an ihre Geschichten und ihr Recht, in ihren Häusern zu leben, ohne Angst vor Vertreibung zu haben. John wusste, dass er nicht länger Teil eines Plans sein konnte, der das Leben so vieler Menschen negativ beeinflussen würde.

Als er an einer belebten Kreuzung stehen blieb, fasste John einen Entschluss. Er würde sich gegen den Auftrag stellen und die Konsequenzen dafür tragen. Es war eine Entscheidung, die sein Leben verändern würde, aber er konnte nicht länger gegen sein Gewissen handeln.

Mit neuer Entschlossenheit machte John sich auf den Weg zu seinem Büro, um seinen Vorgesetzten mitzuteilen, dass er nicht länger an dem Projekt mitarbeiten würde. Er war sich der Risiken bewusst, die diese Entscheidung mit sich brachte, aber für ihn war klar, dass es keinen anderen Weg gab.

John betrat das Bürogebäude seiner Sicherheitsfirma mit einem Gefühl der Entschlossenheit, das er seit Langem nicht gespürt hatte. Seine Schritte waren fest, als er sich auf den Weg zu dem Büro seines Vorgesetzten machte, bereit, seine Entscheidung mitzuteilen.

Als er vor dem Büro ankam, zögerte er einen Moment. Er wusste, dass das, was er gleich tun würde, seine Karriere und möglicherweise sein Leben verändern könnte. Aber die Gedanken an Michael, an dessen Träume und die Menschen in dem Viertel, gaben ihm die Kraft, die er brauchte.

John klopfte und trat ein. Sein Vorgesetzter, ein Mann mit strengem Blick und einer Aura von Autorität, sah überrascht auf.

«John, was führt dich zu mir?», fragte er.

«Ich muss Ihnen mitteilen, dass ich nicht länger an dem Projekt im historischen Viertel mitarbeiten kann», sagte

John klar und deutlich. «Meine Überzeugungen und Werte stehen im Widerspruch zu den Methoden, die wir anwenden sollen.»

Sein Vorgesetzter sah ihn einen Moment lang prüfend an.

«Das ist eine ernsthafte Entscheidung, John. Bist du dir der Konsequenzen bewusst?»

John nickte.

«Ja, das bin ich. Aber ich kann nicht gegen mein Gewissen handeln. Es gibt Dinge, die wichtiger sind als ein Job oder eine Karriere.»

Der Vorgesetzte lehnte sich zurück, seine Miene undurchdringlich.

«Ich werde deine Entscheidung respektieren, aber bedenke, dass dies das Ende deiner Karriere bei uns bedeutet.»

John akzeptierte dies mit einem Nicken. Er hatte bereits mit diesem Ergebnis gerechnet.

«Ich verstehe und akzeptiere die Konsequenzen», erwiderte er.

Nachdem er das Büro verlassen hatte, fühlte sich John merkwürdig befreit. Er hatte eine schwierige, aber wichtige Entscheidung getroffen, die sein Leben in eine neue Richtung lenken würde. Während er das Gebäude verließ, dachte er an Michael und daran, wie er ihm von seiner Entscheidung erzählen würde. Er war sich unsicher, wie Michael reagieren würde, aber er hoffte, dass sie einen Weg finden würden, gemeinsam durch diese neue Herausforderung zu gehen.

Kapitel 7

In den folgenden Tagen arbeitete Michael intensiv an seinem Restaurant. Er stellte Pläne auf, traf sich mit Lieferanten und begann, das Personal auszuwählen. Seine Vision nahm Form an, und er konnte es kaum erwarten, John alles zu zeigen.

Eines Nachmittags, während einer kurzen Pause, rief Michael John an, um ihm von den Fortschritten zu berichten.

«Ich habe das Gefühl, dass alles so toll zusammen passt», sagte er aufgeregt. «Ich wünschte, du könntest es sehen.»

Johns Stimme am anderen Ende der Leitung klang warm und unterstützend.

«Das klingt großartig, Michael. Ich bin beeindruckt, wie schnell du alles vorantreibst. Ich werde gerne kommen, um es mir anzusehen.»

Sie verabredeten sich für das kommende Wochenende. Michael legte auf, ein Lächeln auf den Lippen. Die Aussicht, John sein Projekt zu zeigen und mehr Zeit mit ihm zu verbringen, erfüllte ihn mit einer Mischung aus Vorfreude und Nervosität.

In den nächsten Tagen konzentrierte sich Michael weiter auf sein Restaurant, doch seine Gedanken wanderten immer wieder zu John. Er war gespannt darauf, wie John auf das reagieren würde, was er geschaffen hatte, und freute sich darauf, mehr über den Mann zu erfahren, der sein Herz auf unerwartete Weise berührt hatte.

Als der Tag von Johns Besuch näher rückte, stieg Michaels Aufregung. Er hoffte, dass John genauso begeistert von dem Restaurant sein würde wie er und dass sie gemeinsam die Möglichkeit hätten, ihre sich entwickelnde Beziehung weiter zu erkunden.

Emma stand mitten in dem Raum, der bald ihr eigenes Bistro beherbergen sollte. Sie war umgeben von Farbeimern, Pinseln und Möbelstücken, die darauf warteten, an ihren Platz gestellt zu werden. Trotz der Unordnung und des Chaos konnte sie bereits sehen, wie sich der Raum in ein einladendes und stilvolles Bistro verwandelte.

In den letzten Tagen hatte sie unermüdlich gearbeitet, den Raum renoviert, und jedes Detail sorgfältig ausgewählt. Ihr Traum nahm Gestalt an, und mit jedem Tag, der verging, wuchs ihre Aufregung.

Michael hatte ihr bei der Auswahl des Interieurs und der Menügestaltung geholfen, was ihre Freundschaft weiter vertieft hatte. Heute hatte sie ihn eingeladen, die Fortschritte zu begutachten und ihr Feedback zu geben.

Als Michael eintrat, lächelte Emma breit.

«Schau dir das an, Michael! Es wird wirklich langsam was», sagte sie stolz.

Michael blickte sich um und war beeindruckt von der Verwandlung des Raumes. «Emma, das ist fantastisch! Du hast aus diesem Ort etwas ganz Besonderes gemacht», antwortete er, während er die sorgfältig ausgewählten Dekorationen und Möbel betrachtete.

Sie sprachen über das Menü, das Emma geplant hatte, und Michael gab einige Vorschläge, die sie begeistert aufnahm.

Als Michael das Bistro verließ, fühlte Emma sich ermutigt und inspiriert. Sie wusste, dass noch viel zu tun war, aber mit Michaels Unterstützung und ihrer eigenen harten Arbeit würde ihr Bistro bald Realität werden.

In den kommenden Wochen arbeitete Emma weiter an der Fertigstellung des Bistros, angetrieben von der Vision, einen Ort zu schaffen, der nicht nur gutes Essen bot, sondern auch ein Treffpunkt für die Gemeinschaft war.

Johns Weg führte ihn zu einer lokalen Organisation, die sich für den Erhalt historischer Stadtviertel und soziale

Projekte einsetzte. Sie suchten nach jemandem mit strategischem Verständnis und Führungsqualitäten, um ihre Bemühungen zu unterstützen.

Johns militärischer Hintergrund, den er öffentlich machen konnte, machte ihn zu einem attraktiven Kandidaten für sie, auch wenn er Details über seine jüngsten beruflichen Erfahrungen vorenthalten musste.

Während des Treffens mit der Organisation in einem kleinen, lebendigen Büro im Herzen des bedrohten Viertels, erfuhr John mehr über deren Ziele und Herausforderungen. Sie kämpften nicht nur für den Erhalt der Gebäude, sondern auch für die Rechte der Anwohner, die von Verdrängung bedroht waren.

«Wir brauchen jemanden, der uns dabei hilft, unsere Botschaft klar und effektiv zu kommunizieren und unsere Aktionen zu koordinieren», erklärte ein Mitglied der Organisation. «Ihre Erfahrung im militärischen Bereich könnte uns dabei sehr helfen.»

John war von dem Engagement und der Leidenschaft der Gruppe beeindruckt. Hier sah er eine Möglichkeit, einen echten Unterschied zu machen und seine Fähigkeiten für einen guten Zweck einzusetzen. Gleichzeitig war ihm bewusst, dass er damit indirekt gegen seinen früheren Arbeitgeber und dessen Interessen handeln würde.

Obwohl er keine spezifischen Details über seine letzte Tätigkeit preisgeben konnte, wusste er um die Methoden und Strategien, die solche Unternehmen anwendeten.

Nach dem Treffen schlenderte John durch die Straßen des Viertels und spürte eine neue Verbundenheit mit dem Ort. Er dachte an Michael und das geplante Restaurant, das nun Teil dieses Gemeinschaftsgefüges war, das er zu schützen beabsichtigte.

John entschied sich, das Angebot der

Organisation anzunehmen. Er war bereit, sich dieser neuen Herausforderung zu stellen, auch wenn dies bedeutete, sich indirekt gegen die dunkleren Aspekte seiner Vergangenheit zu wenden. Er fühlte sich ermutigt, diesen Schritt zu machen, getragen von dem Wunsch, etwas zu bewirken und gleichzeitig Michael zu unterstützen.

Kapitel 8

Als John das Restaurant betrat, das kurz vor der Eröffnung stand, konnte er nicht anders, als von der Transformation des Raumes beeindruckt zu sein. Die liebevoll ausgewählten Möbel, die stimmungsvolle Beleuchtung und die kunstvoll gestalteten Wände spiegelten Michaels Leidenschaft und Hingabe wider.

«Schau dir das an, John! Fast fertig für die große Eröffnung», sagte Michael mit einem stolzen Lächeln, während er John durch das Restaurant führte.

John nickte anerkennend.

«Es ist unglaublich, Michael. Du hast hier wirklich etwas Besonderes geschaffen.»

Doch inmitten der Bewunderung wechselte Michaels fröhlicher Ausdruck plötzlich zu einem besorgten.

«John, ich muss dir etwas erzählen.

Emma hat herausgefunden, warum unsere Gebäude so günstig waren. Eine große Immobiliengesellschaft plant, dieses gesamte Viertel zu kaufen und zu sanieren. Sie wollen alles abreißen, einschließlich meines Restaurants. Die Verkäufer wollten zwar weg, gönnten es der Firma aber nicht. Leider haben sie uns nicht erzählt, was da auf uns zukommt.»

John spürte, wie ein kalter Schauer über seinen Rücken lief. Dies war genau die Art von Entwicklung, gegen die er nun ankämpfte.

Bevor er antworten konnte, wurde die Atmosphäre durch das Geräusch zerberstenden Glases jäh unterbrochen. Ein Stein, an den ein Drohzettel geheftet war, war durch eines der frisch eingesetzten Fenster geflogen.

John eilte zum Fenster und blickte hinaus, konnte jedoch nur den Schatten einer Gestalt in der Ferne erkennen. Er drehte sich zu Michael um, seine Augen ernst und entschlossen.

«Das ist eine klare Warnung, Michael. Diese Leute meinen es ernst. Aber ich versichere dir, wir werden uns nicht einschüchtern lassen.»

Michael blickte auf den Zettel und dann zurück zu John. «Was sollen wir jetzt tun? Ich kann mein Lebenswerk nicht einfach aufgeben.»

John legte beruhigend seine Hand auf Michaels Schulter. «Ich habe mich einer lokalen Organisation angeschlossen, die gegen solche zerstörerischen Entwicklungen kämpft. Wir werden alles in unserer Macht Stehende tun, um dein Restaurant und das Viertel zu schützen.»

Etwas später stand Michael in seinem fast fertigen Restaurant, umgeben von den Zeichen seiner harten Arbeit, als sein Telefon klingelte. Es war John, dessen Stimme ernst, aber hoffnungs-voll klang.

«Michael, ich habe vielleicht einen Weg

gefunden, wie wir gegen die Pläne der Immobiliengesellschaft vorgehen können», begann er.

«Erzähl mir davon», sagte Michael, während er sich auf einen der neuen Stühle setzte.

«Ein Freund von mir, Henrik, arbeitet für eine Firma, die im Zentrum dieser ganzen Sache steht», erklärte John. «Er ist nicht einverstanden mit dem, was sein Arbeitgeber vorhat, besonders in Bezug auf dein Viertel. Er hat vorgeschlagen, heimliche Aufnahmen von den unethischen Praktiken seines Arbeitgebers zu machen.»

Michael spürte einen Anflug von Hoffnung.

«Das könnte funktionieren, aber es klingt gefährlich. Bist du sicher, dass das eine gute Idee ist?»

«Es ist riskant, aber wir haben vielleicht keine andere Wahl», antwortete John. «Wir müssen alles versuchen, um dieses Viertel zu retten.»

Nachdem sie aufgelegt hatten, ging Michael zurück zur Arbeit, doch seine Gedanken kreisten um die möglichen Konsequenzen von Johns Plan.

In der Zwischenzeit traf sich Emma mit Michael, um die Fortschritte in ihrem eigenen Bistro zu besprechen. Sie konnte die Sorge in Michaels Augen sehen. «Was ist los?», fragte sie.

Michael erzählte ihr von Johns Plan mit Henrik. Emma hörte aufmerksam zu und nickte.

«Es ist riskant, aber wenn es funktioniert, könnte es alles ändern. Wir müssen zusammenhalten, Michael.»

In den folgenden Tagen begannen John und Henrik mit ihren heiklen Vorbereitungen, während Michael und Emma ihre eigenen Geschäfte weiterführten, aber mit einem wachsamen Auge auf die Entwicklungen im Viertel. Die Spannung in der Gemeinschaft wuchs, als mehr Menschen von den Plänen der Immobiliengesellschaft erfuhren und sich dem Widerstand anschlossen.

John fühlte sich hin- und hergerissen zwischen der Sorge um die Sicherheit und den möglichen Erfolg ihres Plans. Die Verantwortung lastete schwer auf ihm, da er wusste, dass ihr Vorgehen nicht nur das Schicksal des Viertels, sondern auch das vieler Menschen beeinflussen würde.

Michael, John und Emma standen nun im Zentrum eines Kampfes, der über die Zukunft ihres Viertels entscheiden würde.

Ihre Entschlossenheit, zusammenzustehen und für das zu kämpfen, was sie liebten, wurde zu einem Symbol der Hoffnung in einer Gemeinschaft, die sich der Zerstörung ihrer Heimat widersetzte.

Nachdem die Nachricht von Henriks Erfolg sie erreicht hatte, begann sich die angespannte Atmosphäre im Restaurant langsam zu lockern. Emma stand auf, um zu gehen.

«Ich glaube, ich lasse euch beide jetzt allein», sagte sie mit einem wissenden Lächeln. «Ich sehe euch morgen.»
Michael nickte ihr dankbar zu und sah ihr nach, wie sie das Restaurant verließ. Dann wandte er sich an John.
«Möchtest du… nach oben kommen? Meine Wohnung ist direkt über dem Restaurant.»
John, dessen Herz bei der Frage einen Schlag übersprang, nickte zustimmend. Sie verließen gemeinsam das Restaurant und stiegen die Treppe zu Michaels Wohnung hinauf. Dort angekommen, umgab sie eine behagliche Stille, die in starkem Kontrast zu der Spannung der letzten Stunden stand.
Die Wohnung war ein Spiegelbild von Michaels Persönlichkeit – warm und einladend. Sie traten ein, und Michael bot John etwas zu trinken an. Doch die Getränke blieben unbeachtet, als sie sich näherkamen, angetrieben von einer

Mischung aus Erleichterung, Zuneigung und aufgestauter Leidenschaft.

Die Nacht, die sie miteinander verbrachten, war eine Offenbarung – eine Verbindung, die über körperliche Anziehung hinausging und eine tiefere, emotionale Ebene berührte. Sie fanden Trost und Verständnis ineinander, eine seltene Harmonie, die beide so lange vermisst hatten.

Am nächsten Morgen, als die ersten Sonnenstrahlen durch die Fenster fielen, lagen sie nebeneinander, die Ereignisse der letzten Nacht noch frisch in ihren Gedanken. John, der sich dem friedlichen Ausdruck in Michaels Gesicht nicht entziehen konnte, wusste, dass er ihm die Wahrheit über seine Vergangenheit erzählen musste.

«Michael», begann John zögerlich, «es gibt etwas, das ich dir sagen muss. Über meinen letzten Job.»

Michael richtete sich auf, ein Ausdruck der Aufmerksamkeit auf seinem

Gesicht.

«Was ist los, John?»

«Ich habe auch für die Firma gearbeitet, in der Henrik ist», gestand John. «Ich habe gekündigt, als ich herausfand, was sie mit deinem Viertel vorhatten. Ich konnte nicht Teil davon sein, vor allem nicht, als ich wusste, dass du in Gefahr geraten könntest.»

Die Enthüllung traf Michael wie ein Schlag. Für einen Moment war es still, als er die Bedeutung von Johns Worten verarbeitete. Dann legte er seine Hand auf Johns. «Das erklärt einiges. Aber du hast dich dagegen entschieden, du hast dich für das Richtige entschieden.»

John sah Michael an, Erleichterung und Dankbarkeit in seinen Augen. «Ich wollte es dir früher sagen, aber ich hatte Angst, dich zu verlieren.»

Michael lächelte sanft.

«Du hast mich nicht verloren. Du hast mich gerade gefunden.»

Kapitel 9

Die Eröffnung von Michaels Restaurant war ein Fest der Gemeinschaft und des Sieges. Menschen aus dem ganzen Viertel strömten herbei, um ihre Unterstützung zu zeigen und Teil dieser historischen Nacht zu sein. Lichterketten hingen über dem Eingang, und die köstlichen Düfte aus der Küche vermischten sich mit dem Klang von Musik und Lachen, das den Raum erfüllte.

Michael stand am Eingang, begrüßte jeden Gast mit einem strahlenden Lächeln. Sein Traum war endlich Wirklichkeit geworden, und die Freude darüber war in seinem Gesicht abzulesen. John stand an seiner Seite, teilte die Aufregung und Stolz mit ihm, und half, wo er konnte.

Während der Feierlichkeiten näherte sich Emma einem Mann, der allein an der Bar stand und aufmerksam das Geschehen beobachtete.

«Hallo, ich bin Emma», sagte sie, ihre Hand ausstreckend.

Der Mann drehte sich um und lächelte.

«Ich bin Henrik. Es ist ein wunderbarer Abend, nicht wahr?»

«Ah, du bist Henrik. Dann bist du ja der Mann der Stunde. Freut mich wirklich sehr, dich persönlich kennenzulernen», erwiderte Emma.

In diesem kurzen Gespräch spürte sie eine sofortige Verbindung zu Henrik.

Henrik lächelte.

«Nicht der Rede wert. Ich konnte mir das einfach nicht mehr mit ansehen.»

Sie unterhielten sich noch ein wenig.

Während die Nacht fortschritt, fanden Michael und John einen Moment, um sich von der Menge zu entfernen. Sie standen draußen unter den Sternen, atmeten die kühle Nachtluft ein und reflektierten über den langen Weg, den sie zurückgelegt hatten.

«Wir haben es geschafft, John», sagte Michael leise, seine Hand suchte Johns. «Ohne dich hätte ich das alles nicht erreicht.»

John ergriff Michaels Hand und drückte sie fest.

«Wir haben es gemeinsam geschafft. Das hier ist erst der Anfang.»

In den Tagen nach der Eröffnung des Restaurants breitete sich eine Welle der Erleichterung durch das Viertel. Die erfolgreiche Klage gegen Johns ehemaligen Arbeitgeber, angetrieben durch die mutige Aktion von Henrik und Johns Insiderwissen, hatte einen entscheidenden Sieg für die Gemeinschaft bedeutet.

Die Nachricht von der erfolgreichen Klage sorgte für ein neues Gefühl der Sicherheit und Bestätigung unter den Anwohnern.

John, der eine Schlüsselrolle in diesem Erfolg gespielt hatte, fühlte eine tiefe Genugtuung. Es war eine Bestätigung seines moralischen Kurses, eine Entscheidung, die zunächst schwer gewesen war, aber letztendlich die richtige. Bei einem kleinen Treffen im Restaurant, an dem führende Mitglieder der Gemeinschaft teilnahmen, wurde er für sein Engagement und seinen Mut gelobt.

Michael beobachtete stolz, wie John von den Gemeindemitgliedern gefeiert wurde. Er fühlte sich geehrt, an der Seite eines Mannes zu stehen, der so viel riskiert hatte, um anderen zu helfen. In diesem Moment erkannte Michael, wie sehr sich sein Leben verändert hatte, nicht nur durch die Eröffnung seines Restaurants, sondern auch durch die tiefe Verbindung, die er zu John aufgebaut hatte.

Die Veranstaltung im Restaurant wurde zu einer Feier des Sieges und des Zusammenhalts. Es war ein lebendiges Beispiel dafür, wie Einzelpersonen und die Gemeinschaft zusammenarbeiten können, um positive Veränderungen zu bewirken. Die Stimmung war ausgelassen und hoffnungsvoll, ein deutlicher Kontrast zu den Sorgen und Ängsten der vergangenen Wochen.

Inmitten der Feierlichkeiten fühlte sich John jedoch auch nachdenklich. Er wusste, dass der Kampf gegen Ungerechtigkeit und Korruption nie wirklich vorbei war.

Doch für diesen Moment konnte er die Früchte seines Mutes genießen, umgeben von Menschen, die ihm nun als Freunde und nicht nur als Verbündete im Kampf ans Herz gewachsen waren.

Einige Tage nach der erfolgreichen Eröffnung von Michaels Restaurant und dem juristischen Sieg über die Immobiliengesellschaft fand eine weitere Veranstaltung statt, die das Gemeinschaftsgefühl im Viertel weiter stärkte. Emma hatte zu einem gemütlichen Beisammensein in ihrem Bistro eingeladen, um die jüngsten Erfolge zu feiern. Unter den Gästen befand sich auch Henrik, der seit ihrer kurzen Begegnung bei der Eröffnung von Michaels Restaurant eine faszinierende Figur in Emmas Gedanken geworden war.

Als Henrik das Bistro betrat, wurde er von Emma mit einem warmen Lächeln begrüßt. «Schön, dass du gekommen bist, Henrik», sagte sie, als sie ihm einen Kaffee anbot.

«Ich könnte mir keinen besseren Ort wünschen, um diesen Sieg zu feiern», erwiderte Henrik.

Während Emma und Henrik an einem kleinen Tisch in ihrem Bistro saßen, umgaben sie die gemütlichen Geräusche des Abends – das Klirren von Kaffeetassen, sanftes Gelächter und die leisen Gespräche der anderen Gäste.

«Es ist wirklich beeindruckend, was du hier aufgebaut hast», begann Henrik, während er einen Blick durch das

Bistro warf. «Es fühlt sich an wie ein kleines Refugium mitten im Viertel.»

Emma lächelte, während sie ihren Kaffee umrührte.

«Danke, Henrik. Was du und John getan habt, um das Viertel zu retten, das war wirklich mutig.»

Henrik lehnte sich zurück, ein Ausdruck der Bescheidenheit auf seinem Gesicht.

«Es war das Mindeste, was ich tun konnte. Nachdem ich gesehen habe, was dort geplant war… Ich konnte nicht einfach wegschauen.»

«Ich bewundere das», sagte Emma ehrlich. «Es erfordert Mut, gegen den Strom zu schwimmen, besonders in so einer Situation.»

Für einen Moment herrschte Stille zwischen ihnen, während sie ihre Kaffeetassen betrachteten. Dann hob Henrik seinen Blick und sah Emma direkt in die Augen.

«Vielleicht können wir gemeinsam

mehr bewirken», sagte er sanft. «Du mit deinem Bistro und ich… na ja, wo auch immer mein Weg mich hinführt.»

Emma lächelte, und in diesem Lächeln lag Zustimmung und eine leise Vorfreude auf die Zukunft.

«Das klingt nach einem Plan, Henrik.»

In diesem Moment des Austauschs und der gegenseitigen Anerkennung begann etwas Neues zwischen ihnen zu wachsen – eine Verbindung, die auf gemeinsamen Werten und Visionen basierte und die vielleicht der Beginn von etwas Besonderem sein könnte.

An ihrem freien Tag beschlossen Michael und John, Emmas Bistro zu besuchen. Es war eine willkommene Abwechslung, einen Tag in entspannter Atmosphäre zu verbringen, fernab der Hektik ihres eigenen Restaurants.

Das Bistro war ein gemütlicher, einladender Ort, der Emmas Leidenschaft für gutes Essen und Gemeinschaft widerspiegelte.

Als sie eintraten, wurden sie von der warmen Atmosphäre und dem vertrauten Duft frisch gebrühten Kaffees begrüßt. Emma, die hinter der Theke stand, lächelte breit, als sie Michael und John sah. «Schön, dass ihr vorbeikommt», sagte sie und wies auf einen freien Tisch.

Während sie sich setzten, trat Henrik zu ihnen, ein Lächeln auf den Lippen.

«Ich hoffe, ihr genießt euren freien Tag.»

«Ja, das tun wir definitiv», antwortete Michael. «Es ist schön, mal nicht derjenige zu sein, der den Kaffee macht.»

Sie bestellten Kaffee und Gebäck, und bald vertieften sie sich in ein entspanntes Gespräch. Zwischen John und Henrik entwickelte sich eine leichte Unterhaltung über ihre Erfahrungen und die jüngsten Ereignisse im Viertel.

«Es ist bemerkenswert, wie sehr sich das Viertel verändert hat», bemerkte John. «Und es ist großartig zu sehen,

wie Orte wie dieses Bistro zu Treff-
punkten der Gemeinschaft werden.»
Emma, die sich wieder zu ihnen
gesellte, nickte. «Ich denke, es ist wichtig, Orte zu haben, an denen sich Menschen versammeln und unterstützen
können. Besonders nach allem, was
passiert ist.»

Epilog

Einige Monate nach den turbulenten Ereignissen im Viertel fand eine besondere Zeremonie statt, die das Viertel erneut zusammenbrachte – die Hochzeit von Michael und John.

Es war ein fröhlicher Tag, an dem Liebe und Gemeinschaft im Mittelpunkt standen, ein passendes Symbol für die Veränderungen und das Wachstum, die das Viertel in der jüngsten Vergangenheit erlebt hatte.

Die Hochzeit wurde in Michaels Restaurant abgehalten, das für diesen besonderen Anlass wunderschön geschmückt war. Blumenarrangements schmückten die Tische, und Lichterketten hingen von der Decke, was dem Raum eine märchenhafte Atmosphäre verlieh.

Freunde, Familie und Mitglieder der Gemeinschaft waren gekommen, um das Paar zu feiern.

Emma und Henrik, die als Trauzeugen fungierten, standen stolz an der Seite ihrer Freunde. Emma sah in ihrem eleganten Kleid strahlend aus, und Henrik, in einem scharf geschnittenen Anzug, stand ihr in nichts nach. Beide waren sichtlich bewegt von der Bedeutung des Tages.

Die Zeremonie war in vollem Gange, und als der Moment kam, ihre Gelübde auszutauschen, traten Michael und John vor, ihre Hände fest ineinander verschränkt. Die Stille um sie herum war erfüllt von gespannter Erwartung und Emotion.

Michael begann, seine Stimme zitterte leicht vor Emotion: «John, als ich dich traf, wusste ich nicht, dass mein Leben sich so tiefgreifend verändern würde. Mit dir an meiner Seite habe ich Herausforderungen gemeistert, von denen ich nie gedacht hätte, dass ich sie bewältigen könnte. Du hast mir gezeigt, was es heißt, bedingungslos geliebt zu werden, und dafür werde ich dir immer dankbar sein. Ich verspreche dir, für unsere gemeinsame Zukunft zu kämpfen, so wie wir für unser Viertel und unsere Träume gekämpft haben.»

Tränen glänzten in Johns Augen, als er antwortete: «Michael, du bist das Beste, was mir je passiert ist. Du hast mir gezeigt, dass wahre Stärke nicht nur im Kämpfen, sondern auch im Lieben und Verletzlichsein liegt. Mit dir an meiner Seite sehe ich einer Zukunft entgegen, die voller Liebe, Lachen und gemeinsamen Abenteuern ist. Ich verspreche, dich zu unterstützen, zu ehren und zu lieben, in guten wie in schlechten Zeiten.»

Als sie ihre Gelübde aussprachen, war die Emotion in ihren Worten spürbar, und die Gäste spürten die Tiefe ihrer Verbindung.

Die Liebe und das gegenseitige Verständnis, das zwischen ihnen lag, waren für alle sichtbar.

«Ich liebe dich, Michael», sagte John, während er Michaels Hand noch fester drückte.

«Und ich liebe dich, John», erwiderte Michael mit einem strahlenden Lächeln.

Als sie sich zum ersten Kuss als verheiratetes Paar neigten, brach ein begeisterter Applaus von den Anwesenden aus.

Nach der Zeremonie warf Michael den traditionellen Brautstrauß, und zu aller Freude fing Emma ihn. Sie lachte und sah zu Henrik hinüber, der sie mit einem liebevollen und stolzen Blick ansah.